大魚讀品
BIG FISH BOOKS

让日常阅读成为砍向我们内心冰封大海的斧头。

Big Fish

Daniel Wallace

大鱼

[美] 丹尼尔·华莱士 ——著
宁蒙 ——译

浙江人民出版社

献给我的母亲，纪念我的父亲。

目录 / contents

第三部

大鱼

在我父亲作为人的一生接近尾声的时候，我们最后一次一起驱车旅行。我们把车停在河边，走上河堤，坐在一棵橡树的树荫下。

几分钟后父亲脱掉他的鞋和袜子，把双脚浸入清澈的水流中，就这么看着它们。然后他闭上眼睛微笑，我有些日子没见过他这样微笑了。

突然他深吸了口气说："这让我想起……"

然后他停下，又思考了一会儿。这时候他脑子已经转得很慢——如果还能算是在转的话，我猜他是想说个笑话，因为他总是有笑话可说。或者他会给我讲个故事，来纪念他的冒险以及英勇的一生。我想知道这到底让他想起了什么。是不是想起了那只五金店里的鸭子？那匹酒吧里的马？那个和蚱蜢的膝盖一样高的男孩？是否让他想起了某天他找到却又丢了的那个恐龙蛋，或是那个他统治了将近一周的国家？

“这让我想起了，”他说，“我小的时候。”

我看着这个老人，我的老爹把他苍白的老脚丫浸在这清澈的水流里。他生命最后时刻的这么一瞬，我突然真切地想到了他作为一个男孩、一个少年的样子——他面前有着完整的未来，就像我面前的未来一样。我从没这样想过。而这些影像——父亲的现在与过去——重叠了，他在这一刻变成了一个狂野的怪物，同时年轻而苍老着，将死而又是新生的。

我的父亲成了一个神话。

第一部

他出生的那天

他是在四十年来最干旱的那个夏天出生的。太阳把红色细腻的亚拉巴马黏土烤成了灰粉，数英里内都没有水，食物也很少。那个夏天没有玉米或西红柿，甚至连南瓜都没有，一切都蔫在灰白的天空下。好像万物俱死：先是鸡，然后是猫，再是猪，接着是狗。它们就算死，也都被连皮带骨头地炖进锅里。

有个男人疯了，吃起石头，死了。十个人才将他抬进墓地——他太重了，另外十个人挖坑——土太干。

向东边看的人说，还记得那条滚滚的大河吗？

向西边看的人说，还记得泰尔伯特湖吗？

他出生的那天，像往常一样开始。太阳升起来，凝视着那座小木屋，屋里有个妇人，肚子大得像这个国家，为她丈夫摊了仅剩的一个鸡蛋作为早餐。丈夫已下地去干活了，用他的耙子绕着一株盘根错节的黑色神秘蔬菜捣着灰。太阳明晃晃地使劲晒着，他进屋享用他的鸡蛋时用一块破烂的蓝色大手帕擦着额头上的汗。然后他把汗从手帕里绞出来，滴到一个旧锡杯里，留着待会儿喝。

他出生的那天，妇人的心跳短暂地停止了，她死了，然后她又突然活过来。她看见悬在空中的自己，她还看见她的儿子——她说他在发光。当她重新与自己合体时，她说她感到那里一阵温暖。

她说："马上，他马上就要来了。"

她说对了。

他出生的那天，有人发现那个方向的上空有片云，带着点黑气。人们聚集起来观看。一个、两个，一下子聚了五十多个人，他们都看着天空，看着那片挺小的云彩飘近他们干涸而破败的家园。丈夫也出来看了。就是它，一片云。那可是数周来第一片真正的云彩。

镇上唯一没有看云彩的人就是那个妇人。她摔倒在地上，疼痛到窒息，窒息得无法叫喊。她以为她在叫喊——她就那样张着嘴——但是没有声音从那儿发出来，从她的嘴里。虽然她的其他部位忙活着，同他一起。他就要来了，她的丈夫去哪儿了？

在外面看云彩。

那也是了不起的云彩。根本不算小，实际上是一片很可观的云彩，灰蒙蒙的一大片，逼近干涸的田地。丈夫摘下他的帽子眯起眼睛，向门廊下迈出了一步，以便看得更清楚。

云还带来了些小风，感觉不错。小风温柔地刷过他们的脸颊，感觉不错。然后丈夫听见雷声——砰！——至少他认为是雷声，但其实他听到的是妻子用腿踢翻桌子的声音，虽然听起来确实很像雷声——就是那样的声音。

他又向地里迈了一步。

“丈夫！”他妻子扯开嗓子大叫。但是太晚了——丈夫走得太远，无法听见。他什么都听不见。

他出生的那天，镇上所有的人都聚在他家门前的地里看云彩。起初很小，然后甚为可观，很快云彩就变得巨大，至少有鲸鱼那么大，里面闪着几道白色的电光，突然打在松树尖上烧着了，吓坏了地里几个高个子男人，他们耷拉着脑袋看着，等待着。

他出生的那天一切都变了。

丈夫成了父亲，妻子成了妈妈。

爱德华·布龙出生的那天，下雨了。

他能和动物说话

我的父亲善于和动物相处，每个人都这么说。当他还是个男孩的时候，浣熊在他的掌中吃东西。他在地里帮他父亲干活的时候，鸟儿会停到他肩膀上。一天夜里，一头熊在他窗外的地上睡着了。为什么？因为他懂动物的特殊语言，他有这种能力。

牛马们也特别喜欢他，跟着他跑来跑去，用它们的棕色大鼻子蹭他的肩膀，还哼哼唧唧，好像特地对他说着些什么。

曾经有只小鸡坐到我父亲的腿上，并在那儿下了个蛋——褐色的小蛋。人们从没见过这样的事情，闻所未闻。

亚拉巴马下雪的那年

亚拉巴马从来不下雪，但我父亲九岁那年的冬天下雪了。白色的雪片连绵不断地落下，逐渐变硬，最终变成纯冰覆盖大地，根本铲不动。如果被困在暴风雪下面就死定了；如果被困在上面的话，也不过是死得慢一些。

爱德华是个强壮而安静的男孩，有自己的想法，但不是那种有什么家务要做、有个篱笆要修或者有头走散的小母牛需要找回来的时候都要和父亲顶嘴的男孩。雪从那个周六的晚上开始下，一直下到第二天早上。爱德华和他的父亲先是堆雪人、雪镇和其他各式各样的建筑，直到那天晚些时候他们才意识到这场毫不示弱的雪有多大，多危险。但据说我父亲的雪人足有十六英尺高。为了达到这个高度，他设计了一种用松树枝和滑轮制成的装置。依靠这种装置，他便可以自由地上上下下。雪人的眼睛是用废弃多年的旧马车轮做的，它的鼻子是谷仓的尖，而它的嘴——微微扬着嘴角，好似雪人在想着什么温暖而滑稽的事情——是从一棵橡树上割下的树皮。

他的母亲在屋里做饭。灰色和白色的炊烟从烟囱里袅袅上升，盘旋进入天空。她听到门外远远地传来一阵噼里啪啦的声音，但是她忙得没工夫注意。她的丈夫和儿子进来的时候她都没有抬头，那已经是半个小时以后了，他们在严寒中汗流浃背。

“我们遇到个状况。”她丈夫说。

“嗯，”她说，“还用说吗。”

这时，雪还是不停地下着，他们刚刚挖通的门几乎又被堵上了。父亲拿起铲子又清理出一条通道。

爱德华看着父亲铲、雪花落，父亲铲、雪花落……直到小木屋的屋顶也开始吱嘎作响。他的母亲发现他们的卧室里发生了雪崩。他们意识到出逃的时候到了。

但是去哪儿呢？整个活生生的世界被冻成冰天雪地，白茫茫的一片。母亲把她刚做的饭打包，并收拢几条毯子。

他们在树上过了一夜。

第二天是星期一。早上雪停了，太阳冒出来，温度在零摄氏度以下徘徊着。

母亲说：“你是不是到时间去上学了，爱德华？”

“我想是的。”他说，什么都没有问。他就是这样的男孩。

早餐以后他从树上爬下来，走了六英里去他的小校舍。在路上他还看到一个男人冻在一块冰里，他自己也差不多冻住了——好在没有。他成功了。事实上，他还早到了几分钟。

他的校长正坐在一堆木头上看书。他能看到的校舍就只剩下风向标了，其余部分都被埋在周末这场大雪里。

“早安，爱德华。”他说。

“早安。”爱德华说。

然后他想起来——他忘了带作业。

于是就回家去拿。

真事。

前途无量

据说他从来不会忘记任何人的名字或长相，还有他们最喜欢的颜色。十二岁时，他就能通过走路时鞋子发出的声音认出家乡的每个人。

据说他长得太高太快，以至有一段时间——几个月？差不多有大半年——他必须待在床上，因为他骨头里的钙根本跟不上他生长的势头。每次他试图站起来的时候都会像一根摇摆的藤蔓，然后在地上摔作一堆。

爱德华·布龙很明智地利用了这段时间阅读。他读了几乎所有在阿什兰能找到的书——一千本书，也有人说是一万本。历史、艺术、哲学，霍瑞修·阿尔杰，他全都读过，甚至包括电话黄页。

据说他后来比任何人懂的都多，甚至包括平克·沃特先生——那个图书馆管理员。

他是条大鱼，那时候就是。

父亲之死：镜次一

事情是这样发生的。老医生本奈特，我们的家庭医生，步履蹒跚地从客房走出来，轻轻地关上身后的门。老得不能再老的本奈特医生就是一堆皮囊和皱纹的集合，他永远都是我们的家庭医生。我出生的时候就是他剪断脐带，捧着我红扑扑、皱巴巴的小身子递给我母亲的。本奈特医生为我们治愈的疾病不计其数，他身怀古代名医——其实他就是——的魅力和医术。如今为我父亲送终的还是他。他从父亲的房间走了出来，并把听诊器从他的老耳朵上摘下来，看着我们——母亲和我，然后摇摇头。

“我无能为力。”他用他毛糙的嗓子说道。他想把手抛到空中以宣泄愤懑，但是他没有，他太老了，做不出这样高难度的动作。“我很抱歉，非常抱歉。如果你们还有什么要安慰爱德华的，还有什么话要说，我建议你们现在就去说。”

我们已经预料到了。母亲握着我的手，勉强露出一丝苦涩的微笑。这对她来说不是一段轻松的日子，当然不是。在过去的几个月里她的个子和精神都萎缩了，虽然还活着，但是和生活保持着距离。她的目光垂下来，失去了焦点。现在我看着她，她看上去那么无助，仿佛不知自己身在何处，或不知道自己是谁。自从父亲回家等死，我们的生活就改变了许多。他死亡的过程也在一点点地消磨我们。仿佛父亲每天不去工作，而是去游泳池后面的空地为自己挖坟墓。他也不一次挖好，而是每次挖一到两英寸。仿佛这是让他如此疲劳、让他生出黑眼圈的原因，而不是因为母亲口中的“X 光疗法”。仿佛每天晚上他挖完坑回来，指甲盖里嵌满了泥，往沙发上一坐看他的报纸时，他可能会说，那个，进展挺顺利的，今天又挖了一英寸。母亲会说，你听到了吗，威廉？你父亲今天又挖了一英寸。而我会说，太棒了，爸爸，真棒。如果有什么我能帮忙的，尽管找我。

“妈妈。”我说。

“我先进去，”她抢白道，“然后，要是看起来——”

要是看起来他就要死了，她就会来叫我。我们就是这样说话的。在死亡的疆域里，言语总是戛然而止，你知道它们该怎样结束。

就这样，她站了起来，走进房间。本奈特医生摇着头，摘下眼镜，用他红蓝条纹的领带边缘擦拭着。我目瞪口呆地看着他：他太老了，老得要命，为什么我的父亲会比他先死？

“爱德华·布龙，”他自言自语道，“谁会想得到呢？”

谁会呢？死亡是能发生在我父亲身上的最糟糕的事情。我知道这话听着别扭，这对我们大多数人来说都是最糟糕的事情。但是对于他来说尤其糟糕，特别是最后预备死亡的这些年，不断加重的疾病消耗着他的今生，并且仿佛在为他的来世做准备。

更糟糕的是，他必须留在家里。他讨厌这样。他讨厌每天早上在同样的房间醒来，看见同样的人，做些同样的事。在这一切发生之前，他一直把家作为加油站。一个巡游的爸爸，家只是他去往另一个地方的中转站。他为了一个模糊的目标而工作。是什么驱动着他？不是钱，我们有钱。我们有一幢漂亮的房子，几辆车，后院还有游泳池；好像没有什么我们真正买不起的东西。也不是为了升职，他有自己的公司。是比这些都重要的东西！但是我说不清究竟是什么。就好像他生活在一种恒久的渴望中：到达那儿，但无论是哪儿都不重要，重要的是战斗，以及之后的战斗，这场战争永无止境。所以他不停地工作再工作。他每次都要离开好几周，去纽约、欧洲或日本，并在某个奇怪的钟点回来，比如晚上九点，倒上一杯喝的，占据他的椅子以及有名无实的一家之主的头衔。而且他总是有些精彩的故事要讲。

“在名古屋，”某个这样的晚上，父亲坐在他的椅子上，母亲坐在她的椅子上，而我坐在他们脚边的地板上，“我看到一个有两个脑袋的女人。我向你们发誓。一个美丽的双头日本女人，她非常优雅、非常美妙地做了茶道表演。真的没法说清哪个脑袋更漂亮。”

“根本不存在双头女人这种东西。”我说。

“真的吗？”他说，用眼睛逼视着我，“这是十来岁就见多识广的小先生说的，非常感谢你。我认错。”

“真的吗？”我说，“两个脑袋？”

“而且千真万确是位女士，”他说，“实际上是个艺伎。她大部分时间都隐居着学习艺伎界复杂的传统，极少在公众场合出现。这样就能解释你的怀疑了。我非常幸运，通过一连串生意上的朋友和政界门路得以进入深闺密室。当然，我必须假装完全不觉得她有什么古怪之处；假如我动一动眉毛，这份羞辱就会被载入史册。我仅仅像其他人一样端起了我的茶，低声说了一句‘ども’，这是日语‘谢谢’的意思。”

他做的每件事都是无与伦比的。

在家时，他就失去了在外时的魔力而变得平凡起来。他会喝点儿小酒。他不会生气，但是会消沉而失落，仿佛掉进了一个洞里。在家的头几个夜晚，他的眼睛如此明亮，它们绝对能在黑暗中放光。但是几天以后，他的眼睛变得疲倦不堪。他开始看起来像是丢了精气神，这让他很难受。

所以他不是死亡的最佳候选人，这使得待在家里甚至更糟糕。开始他试图通过给世界上各个奇怪的地方的人打长途电话来改善情况，但是很快他就病得连这些都做不到了。他变成了另一个人：没有工作的人，没有故事可说的人，我意识到——一个我不认识的人。

“你知道现在我想要什么吗？”一天他对我说，对于一个据本奈特医生说我可能很快就再也见不到的人来说，他看上去还不赖，“一杯水。可以吗？”

“当然可以。”我说。

我给他倒了杯水，他抿了一两口，我为他托着杯底以防打翻。我对着他微笑，他看起来已经不像是我的父亲，而像是我父亲的另一个版本——同一个系列，相似但是不同，而且明显多了许多瑕疵。他曾经惨不忍睹——他所经历的所有改变，我都已习惯了。哪怕他已经没有什么头发，他的皮肤上都是斑点和疙瘩，我也习惯了。

“我不知道跟你说过没有，”他说，吸了口气，“每次我从办公室旁的咖啡馆出来，总会有个乞丐拦住我。每天我都给他两毛五。每天都是。我是说，那个乞丐已经习以为常到甚至都懒得问我要——我就塞给他两毛五。然后我病了，几个星期没去上班，我回来的时候你猜他对我说什么？”

“什么，爸爸？”

“‘你欠我三块五。’他说。”

“真逗。”我说。

“是呀，笑一笑十年少。”他说，虽然我们俩都没笑——我们俩嘴都没咧。他只是充满忧伤地看着我。有时候他就是这样，从一种情绪换到另一种，就像有的人不停地换电视频道一样。

“我想这样还挺恰如其分的，”他说，“我住客房。”

“为什么？”我说，虽然我知道答案。这不是他第一次提到这件事，即使这是他自己做出的决定——搬出和我母亲同住的卧室。

“我不希望我走后每个晚上她上了床都要对着我躺过的地方颤抖，如果你明白我的意思。”他似乎觉得他被困在这儿具有某种象征意义。

“恰如其分地说，我就是个客人。”他环顾着这间正式得有些古怪的房间。母亲总是觉得客人就该用那些东西，所以她把房间尽可能地布置成旅店里的模样——有把小椅子、床头柜，抽屉柜上方无伤大雅地挂着某位古典大师的油画复制品。“我在这儿的时间不多，你知道。在家里。不如我们都希望的那么多。看看你，你长大了，而我……我完全错过了。”他咽了口唾沫，这对他来说真的挺费劲，“我没有待在你身边，是吗，儿子？”

"是的。"我说，或许回答得太快，但是语气尽可能地温和。

"嗨，"他说，然后咳嗽了几声，"别憋着什么都不说，就是因为我要……你知道。"

"别担心。"

"实话，就跟我说实话。"

"那么帮我一把——"

"天，弗瑞德。管他是谁。"

他又抿了口水。看起来并不是因为口渴，而是出于对这种元素的渴望，只为了用舌头和嘴唇感受它。他爱水。曾几何时，他还游泳。

"但是你知道，我父亲也经常出远门，"他说，他的嗓音破碎而微弱，"所以我知道那是什么滋味。我爸爸是个农民。我告诉过你，对吗？我记得有一次他必须去某个地方，去取一种特殊的种子种到地里。他是搭货运火车走的，说当晚就回来。但事情接二连三地发生，他无法脱身，一直坐到了加利福尼亚，差不多去了一个春天，种植季节来了又去。但是他回来的时候确实带回了最不可思议的种子。"

"让我猜猜。"我说，"他种下它们，然后巨藤一直长上云霄，在云霄的顶端有座城堡，住着个巨人。"

"你怎么知道？"

“一个双头女人为他沏茶，准没错。”

听到这些，父亲捏捏他的眉毛，笑了，片刻间充满了欢乐。

“你记得。”他说。

“当然。”

“记住一个人的故事能让他不朽，你知道吗？”

我摇摇头。

“是真的。虽然你从来都不相信那个故事，是吗？”

“这有什么关系？”

他看着我。“没有。”然后他又说，“有。我不知道，至少你记得。关键是，我想……关键是我是想多回回家的。真的！但是总有意外发生。自然灾害，地裂开过一次，我想，天裂开过几次。有时我几乎小命不保。”

他苍老、干枯的手慢慢伸过来碰我的膝盖。他的手指是白色的，指甲又破又钝，像陈旧的银子。

“我会说，我其实很想念你，”我说，“如果我知道我错过了些什么。”

“我告诉你问题是什么。”他说，从我的膝盖上举起手，并示意我靠近些。我照做了。我想听听，也许下一句话就是他的遗言了。

“我想做个伟人。”他低声说。

“真的？”我说，就好像这出乎我意料似的。

“真的。”他的话缓慢而孱弱，但是感情和想法却坚定而强硬，“你能相信吗？我觉得这是我的命运。大池子里的一条大鱼：这是我的追求，我毕生的追求。我白手起家，很长一段时间我为别人工作，然后开了自己的公司。我搞到些模子，就在地下室里做蜡烛。那个公司倒闭后，我卖风信子给花店，也失败了。然而最终，我入了进出口贸易的行，然后开始一帆风顺起来。我曾经和一位首相一起共进晚餐，威廉，一位首相！你能想象吗？和一个来自阿什兰的男孩在同一个房间用晚餐。没有哪个大洲我没涉足过，没有。一共有七个大洲，对吗？我快忘了在哪个洲我……没关系，现在这些都不重要了。你知道吗？我是说，我甚至不知道伟人应该是什么样的，有什么……呃……先决条件。你呢，威廉？”

“我？什么？”

“知道，”他说，“知道是什么让人变得伟大？”

我考虑了很长时间，暗自希望他能忘记问过这样的问题。他的精神总有些游离，但是他看着我的眼神告诉我：他现在什么都不会忘记，他牢牢地锁定了这个念头，并且等待着我的答案。我不知道是什么让人变得伟大，我以前从来没有考虑过这些。但是这样的时刻“我不知道”肯定无法过关，这时候该随机应变。所以我尽可能放松，等待答案的出现。

“我想，”过了一会儿我开口，等着恰当的言辞跑出来，“如果一个人能得到儿子的爱，那么这个人就该算是伟大的。”

这是我仅剩的力量，为我的父亲奉上精神意义层面上的伟大，他在外面的世界寻觅的伟大，竟然出乎意料地一直守在家里。

“啊，”他说，“这样的标准。”他结结巴巴地说，一瞬间变得有些恍惚。“我从来没有这么考虑过这件事，没错。但现在我们却这么想。我是说，对于这种情况，”他说，“对于这种特殊情况，我的情况——”

“是的，”我说，“你从来并且永远都是我的父亲。爱德华·布龙，一个很伟大的人，弗瑞德与你同在。”我用手代替剑在他的肩膀上轻轻拍了一下。

听到这些话，他似乎平静了。他的眼睛紧紧地闭上，带着一种不祥的预兆，我以为这是离别的开始。当窗帘自行分开的时候，我曾有一刻相信这是他的灵魂从这个世界去往另一个世界的通道。但其实不过是中央空调开始工作了。

“关于那个双头女人。”他闭着眼睛说，喃喃地，仿佛正要入睡。

“我已经听说过那个双头女人了，”我说，轻轻地摇晃他的肩膀，“我不想再听她的故事了，爸爸，行吗？”

“我想跟你说的不是那个双头女人，自作聪明先生。”他说。

“不是吗？”

“我是想跟你说说她的姐姐。”

“她还有个姐姐？”

“嗨，”他现在睁开双眼，呼吸又恢复了正常，“我会跟你开这样的玩笑吗？”

河中的女孩

在蓝河岸边有棵橡树，那是我父亲经常驻足休憩的地方。橡树枝繁叶茂，树荫宽广，在树基周围长着松软凉爽的绿苔，他经常躺在上面，有时会睡上一觉，让潺潺的河水声抚慰他。有一天他来到这里，在快要进入梦乡的时候突然醒来，看到一个年轻美丽的女子在河里洗澡。她的长发像金子一样闪烁，在她赤裸的肩膀上蜷曲，她的乳房娇小而浑圆。她用手捧起水来，让水顺着脸庞、胸口流回河里。

爱德华试图保持镇定。他不断告诉自己，别动，动一下就会被发现。他不想吓到她。而且，说句老实话，他还从来没有见过女人自然的胴体，他想在她离开之前再观察一会儿。

这时他看见一条蛇，应该是一条水蝮蛇，轻轻分开水面向她游去，那小小的爬行动物的脑袋指向猎物。很难想象这样尺寸的蛇能将人杀死，但这是真的。就是这样尺寸的蛇杀死了卡文·布莱恩特。它咬了他的脚踝，然后过了几秒钟他就死了。卡文·布莱恩特个子可比她大两倍。

所以没有做什么决定，我的父亲依靠本能一头扎进了河里，正当那条水蝮蛇要将它的毒牙扎进女孩绵软的腰肢时，他伸出了双手。当然，她尖叫起来——一个男人跳进河里向你游过来，你也会尖叫的。他从水里钻出来，手里那条蛇翻腾着，它的嘴巴正找着可以咬下去的东西。她又尖叫了一声。最后他终于用衬衣把蛇盘了起来。我的父亲不愿意杀戮，他要把它送给一个收集蛇的朋友。

现在的场景是这样的：一个年轻男子和一个年轻女子同时站在齐腰深的蓝河里，都没穿衬衣，互相注视着。阳光穿过树林洒在水面上，波光粼粼。但这两个人基本上都在阴影里，他们互相端详着，除了天籁，鸦雀无声。现在很难开口，因为你能说些什么呢？我叫爱德华，你叫什么？你不会这么说的，你应该会回应她说的话——等她能说话的时候。

“你救了我的命。”

是这样的，不是吗？她差点儿被一条毒蛇咬到，而他救了她，并且冒着生命危险。尽管两个人都没提这茬儿。不需要提，他们都知道。

“你真勇敢。”她说。

“不，夫人。”他说，虽然她比他大不到哪儿去，“我刚看到你，然后我看到蛇，然后我就——我就跳了下去。”

“你叫什么名字？”

“爱德华。”他说。

“好吧，爱德华。从现在开始，这里是你的领地。我们叫它——爱德华林。这树，这一段河流，这一切。任何你感到不开心、需要改变些什么的时候，你来这儿，休息一下，想一想。”

“好的。”他说，虽然这时候无论说什么他都会回答“好的”。虽然他的脑袋在水面以上，但是好像还浸在水里。他感觉好像自己离开了这个世界片刻，仍没有回来。

她微笑起来。“现在你转过身去，”她说，“我要穿衣服了。”

“好的。”他转过身去，因为一阵难以压抑的愉悦而脸红起来。这感觉太好了，让他难以忍受。就像他被重新改造了一下，变得更好，宛如新生。

他不知道一个女人要花多长时间穿衣服，所以他等了她整整五分钟。而当他转过身来的时候，她当然已经走了——消失了。没有听见她走的声音，但是她走了。他也许应该再召唤她一下，他很想这么做，但不知道应该叫她什么。他真希望自己能第一时间问一下。

风吹过橡树，水流向远方，而她走了。他的衬衣里根本不是蛇，而是一截木棍，一截褐色的木棍。

看起来确实很像蛇。真的，特别是当他把它扔到水里看着它游走的时候。

无声的魅力

据说我父亲有一种特殊的魅力，一种举重若轻的天赋，思维敏捷而缜密。他非常害羞，但还是很受女人欢迎，可以称之为无声的魅力。他长得非常帅，虽然他从来不在意这些。他是所有人的朋友，每个人也都是他的朋友。据说他很风趣，以前就是。都说他知道许多有意思的笑话。在人群中他很低调，总是安分守己，但如果能和他独处的话——显然这是许多阿什兰女人梦寐以求的事！——他真的能让你发笑。据说你能听见他们的笑声一直持续到深夜。我父亲和那些可爱的年轻女孩的笑声在夜晚的小镇里回荡，在他的门廊前摇摆。在阿什兰，人们选择在笑声中入睡。过去就是这样。

驯服巨人

我父亲年轻时有许多冒险经历，一直流传到今天的故事数不胜数。但是他完成的最让人生畏的任务或许是去面对卡尔，那个巨人，他是真的豁出命去的。卡尔足有两个人加起来那么高，三个人加起来那么宽，十个人加起来那么强壮。他的脸和胳膊上都是残酷生活留下的伤疤，那种生活更接近动物而非人类；他的举止也是这样。据说卡尔的生母和正常人一样，但是她很快就发现什么地方出了岔子——他太巨大了。他母亲早上给他买的衣服，中午衣缝就裂开了，他长得就有那么快。他睡的床是木工按他的身材定做的，可早上他的脚就挂到了床沿外面。而且他一直在吃！不管她是买还是从地里生产出多少食物，她的餐柜到了晚上永远是空的。但是他还是抱怨肚子空空，用巨大的拳头敲击着桌子，吵着要更多的食物。“现在就要！”他嚷嚷着，“妈妈，现在就要！”就这样，十四年后，她再也受不了了。有一天，当卡尔把脸埋在一大片鹿肉里的时候，她收拾起行李，从后门溜了出去，再也没有回来。她的消失一直没有引起卡尔的注意，直到食物吃完。这时他变得痛楚而愤怒，最主要是饥饿。

之后他来到阿什兰。夜晚，镇上的人都在睡觉，卡尔钻进庭院和花园找吃的。起初，他只拿他们种在那儿的东西，早上来临时阿什兰的人们会发现整块玉米地被破坏，苹果树光秃秃的，水塔都已干涸。没有人知道该怎么办。由于长得过于巨大，卡尔离开家搬进了小镇周围的山里。谁愿意在这样的地方面对他？面对已经变成庞然大物的卡尔，他们又能做些什么呢？

这样的掠夺行为持续了一段时间。直到有一天，半打的狗失踪了。看来整个镇的命脉都受到了威胁，必须采取行动了。但怎么办呢？

我父亲想了个计划，非常危险，但是似乎已别无他法。带着全镇人的祝福，在夏季一个晴朗的早晨，父亲出发了。他走向那片山地，他知道那里有个山洞，他想卡尔就住在这个山洞中。

山洞藏在一片松树和一堆巨石后面，我父亲知道那里，因为几年前他救过一个误闯进山洞深处的女孩。他站在洞口喊道：“卡尔！”

他通过回声听见自己的声音。

“你出来！我知道你在里面。我替小镇捎了个口信来。”

茂密的树林中寂静片刻后，父亲听到沙沙声，并感到地面都在颤动。然后卡尔从黑乎乎的山洞里钻了出来。父亲做梦都没想到他有那么巨大。噢，他看起来那么凶顽，浑身布满了野外生存留下的伤痕和瘀青——由于太过饥饿，他往往来不及等食物死去，这些食物有时候会殊死抵抗。他的黑发又长又油腻，浓密而杂乱的胡须上沾满了食物以及那些以这些碎屑为食的柔软的无脊椎蠕虫。

他看到我父亲后开始大笑。“你想要什么，小人儿？”他说，露出狰狞的笑容。

“你不能再去阿什兰觅食了，”我父亲说，“我们的农民失去了他们的庄稼，而孩子们丢了他们的狗。”

“什么？那么你是来阻止我的？”他说，他的声音在山谷中隆隆作响，不用怀疑，一直传到了阿什兰，“我徒手就能把你折断，就像折断树枝！”

为了证明他的话，他从附近的松树上折了一根树枝，在指间捏成粉末。

“看吧，”他继续说道，“我能吃掉你，一会儿就能吃完！我可以的！”

“这就是我来的原因。”父亲说。

这时卡尔的脸抽搐了一下，不是因为困惑就是因为有只小虫子从他的胡须爬上了他的脸颊:“你是什么意思？这就是你来的原因？”

“让你吃了我，”父亲说，“我是第一个牺牲品。”

“第一个……牺牲品？”

“献给你的，伟大的卡尔！我们臣服于你的威力。为了拯救大家，我们意识到必须做出些牺牲。我就是——午餐，如何？”

卡尔看来被我父亲的话搞糊涂了。他摇着头想清醒过来，一堆小蠕虫从他的胡须中飞出来掉到地上。他的身子开始颤抖，有一刻几乎要摔倒，必须靠到山岩上来保持平衡。

他看上去就像被某种武器击中了似的，就像在大战中受了伤。

“我……”他轻声说，甚至有些悲伤，“我不想吃你。”

“你不想？”我父亲说，大松一口气。

“不想，”卡尔说，“我不想吃任何人。”一滴巨大的眼泪从他沮丧的脸上滚落。“我只是太饿了，”他说，“我母亲曾经给我做过最好吃的菜，但是后来她走了，我不知所措。那些狗——我很为那些狗感到抱歉，我为这一切感到抱歉。”

“我理解。”父亲说道。

“我现在还是不知所措，”卡尔说，“看看我——这么巨大！我必须吃东西才能活下去。但是现在我无依无靠，我不知道该如何——”

“做饭，”我父亲说，“种粮食，养牲口。”

“完全正确，”卡尔说，“我想我应该躲进山洞最深处，再也不出来。我已经给你们制造了那么多的麻烦。”

“我们能教你。”父亲说。

卡尔花了些时间来理解我父亲说的话：“教我什么？”

“做饭，种地。这儿有许多耕地。”

“你是说，我能做一个农民？”

“是的，”我父亲说，“你能的。”

事情就是这样发生的。卡尔成了阿什兰个子最大的农民，而我父亲的传奇则变得更多。据说，他能迷住任何人，只要走进那人的房间。据说，他天生拥有特殊的能力。但我的父亲很谦虚，他说完全不是那样，他只是喜欢别人，而别人也喜欢他，就这么简单。

钓鱼

后来阿什兰发了大水。我还能为已经记载了的内容加上点儿什么呢？雨，瓢泼大雨，无休无止。小溪变成大河，河变成湖泊，而所有的湖泊都淹过它们的堤岸，汇聚成一片。阿什兰的大部分地区逃过此劫，有人说是山脉恰到好处的叠合把水从镇子的四周分开了。但是，阿什兰还是有那么一角的房屋以及其他的一切都沉在了湖底，那片湖如今被称作大湖——虽然缺乏想象力，但还算恰如其分，至今还能在夏天的夜晚听到那些死于洪水的冤魂发出的低吟。但这片湖最著名的是湖里的鲶鱼，据说它们像人一样大，有些甚至更大。如果你游得太深，它们会扯掉你的腿。如果你不当心的话，扯掉的可不只是腿。

只有傻瓜和英雄会想去抓这么大的鱼，而我父亲，我觉得他两者都有点儿像。

一天破晓时分，他独自一人驾一条小舟跑到大湖中央最深的地方。鱼饵呢？是一只老鼠，死老鼠，在谷仓里找到的。他把它挂到钩子上甩了出去。鱼钩过了整整五分钟才沉到水底，然后他慢慢把它拉上来。不久，他就感到手中一震。这一震带走了老鼠、鱼钩，还有其他东西。于是他又试了一次。这次用了更大的鱼钩、更结实的渔线、看上去更肥硕的死老鼠。整片湖水开始翻滚摇晃并泛着泡沫，仿佛湖里的亡灵都苏醒了。爱德华只是继续钓鱼，就这样钓鱼。也许这是个坏主意，看着眼前的一切渐渐变得不像湖水，而且很可怕。也许他该把他的小老鼠拉回来马上划船回家。好吧。不过在他绕线的时候，他注意到渔线还不如他移动的幅度大。他绕得越快，他向前的速度也就越快。他知道，他现在应该做的事情很简单——松开渔竿，把它扔到河里并与它吻别。天知道渔线的另一头挂着什么把他向前拖。但他扔不掉，他办不到。实际上，他的手感觉就像渔竿的一部分。所以他做了第二种选择。他停止绕线，但是也不管用，他还在向前移动——爱德华飞快地移动着，比之前更快。所以这不是水流造成的，是吗？他是被什么东西拖着，是动物——一条鲶鱼。他看着它像海豚一样跃出水面，在空中划出一条弧线，反射出一道太阳的光线，美丽、怪异、可怕。它有六七英尺长？接着，它潜入水中，把爱德华也带了下去，把他从他的船上揪了起来，一直拽到水底，深深地拽进大湖底的深水墓地里。在那儿他看到了房屋和农场、田野和道路，阿什兰的那个小角落就这样被洪水覆盖着。他还看见了人——霍梅尔·吉特里奇和他的妻子玛尔拉，还有弗恩·塔伯特和卡罗·史密斯。霍梅尔正拿着一桶饲料去喂马，而卡罗和玛尔拉正在讨论玉米的问题，弗恩在修理拖拉机。在几丈深的布满阴影的绿色水底，他们像电影慢镜头一样移动，他们说话的时候，小泡泡从嘴唇边冒出来，升上湖面。鲶鱼带着爱德华掠过的时候，霍梅尔微笑并挥手致意，爱德华认识霍梅尔。但是动作还没有完成他们就又消失了，鱼和人，上升并突然跃出水面，爱德华就这样被甩到了岸上，丢了渔竿。

他没有和任何人说过这件事，他不能说，因为谁会相信呢？被问及丢失的渔竿和船，爱德华就说他在大湖的岸上进入了梦乡，那些东西就这么漂走了。

他离开阿什兰的那天

事情大致上是这样的，爱德华·布龙长大成人，他很健康，而且强壮，父母都很爱他，并且他高中毕业了。他与伙伴们奔跑在阿什兰青葱的田野里，享尽美酒佳肴，过着梦境一般的生活。直到一天早上他醒来时从心底明白，他必须离开。他将这个决定告诉父亲和母亲，他们没有阻止他，但是他们带着不祥的预感交换了眼色，因为他们知道只有一条路能离开阿什兰，而这条路意味着爱德华必须经过一个无名之地。那些注定离开阿什兰的人可以毫发无损地通过，但是那些不该离开的人就要永远留在那里，无法前进也无法后退。于是他们向他道别，心想可能再也见不到他了，而他也这么想。

他离开的那天早上天气很晴朗，但是在去那个无名之地的路上，天却阴沉下来，浓雾包围着他。不久他就来到一个看上去很像阿什兰的地方，但是某些重要的地方不大一样。在主街上有银行、科尔的药店、基督教书店、塔伯特的一元店、普里科特的珠宝名表店、好食咖啡馆、桌球馆、电影院、一块空地、五金店，还有杂货铺，货架上商品的年龄比他还大。有些商店在阿什兰的主街上也有，但是在这里它们是空荡荡、阴森森的，橱窗都碎了，店主从空旷的门廊里呆滞地望过来。但是他们看到我父亲时都会微笑，他们微笑并且挥手。一个顾客！他们想。主街上还有一家妓院，就在转角处，但是和城里的妓院不一样，它只不过是栋住了个妓女的房子。

他晃悠进镇子的时候人们都奔跑着前来迎接他，而且他们都盯着他那双英俊的手。

“离开？”他们问他，“离开阿什兰？”

他们是一帮怪人。有个男人有一条蜷缩着的胳膊，他的右手从手肘处垂下来，手肘以下的胳膊都蔫了。他的手就这么从袖孔里探出来，像一只探出纸袋的猫脑袋。多年前的一个夏天，他开着车，把手伸到了窗外，想感受清风。但是车开得太靠近路边，他感受到的不是风，而是一根猛地扎过来的电线杆，他下臂的每一寸骨头都碎了。他的手就这么悬在那儿，废了，并随着时间流逝越缩越小。他微笑着欢迎我的父亲。

还有一个女人，五十多岁的模样，几乎各方面都相当正常。这些人都是这样，大体上都正常，但有一个地方很糟糕。许多年前她下班回家，发现她的丈夫吊在地下室的一根水管上。她当场中了风，左半边脸永远地僵住了：嘴唇夸张地下垂着，皱着眉，眼睛周围的肉陷下去。她根本无法移动那半边脸，所以她说话的时候只有一半嘴在动，她的嗓音就像被深深困在嗓子眼儿里一样，言语痛苦地从她嗓子里爬上来逃跑。在这些事发生以后，她试图离开阿什兰，但是只能到此为止。

还有许多人生来就那样，他们的出生成了第一个也是最糟糕的意外事故。有个脑积水的人名叫博特，他以扫地为生。他到哪儿都带着一把扫帚。他是那个妓女的儿子，也是本地男人的一个困扰——大多数男人都去过妓院，任何人都有可能是这个男孩的父亲。对于那个妓女来说，他们全都是。她从来不想当妓女，而小镇需要一个，她就被迫上了岗。年复一年，她变得越来越刻薄。特别是当她的儿子出生以后，她开始讨厌她的顾客。他是很大的乐趣，但也是很大的负担。他根本没有记忆可言。他会成天问她："我爸爸去哪儿了？"她会随手指向窗外第一个出现的男人然后说："那个就是你爸爸。"他就会跑出去抱住那个男人的脖子。第二天他什么也不会记得，但是他还是会问她："我爸爸去哪儿了？"他会得到另一个爸爸，总是这样。

最后，我父亲遇到了一个叫威利的男人。他坐在长椅上，看到爱德华走来就站起身，就像他一直在等我父亲一样。他的嘴角干而开裂，他的头发灰而刚硬，而他的眼睛小而黑暗。他少了三根手指（一只手少两根，另一只少一根）。他已经挺老的了，老得好似早就超过了人类的寿命极限。但是，他还活着，他开始倒着活。他一直在萎缩，会变得像婴儿一样小。他动作缓慢，就像在及膝深的水中行走。他看着我父亲，笑容狰狞。

“欢迎来我们镇，”他对我父亲说，友善但多少有些疲惫，“介意我带你参观一下吗？”

“我不能留在这儿，”我父亲说，“我只是路过。”

“他们都这么说。”威利说着挽住了我父亲的胳膊，两个人开始并肩前进。

“反正，”他又说，“你着什么急呢？你至少应该看一看我们都能提供些什么。我们有商店，一间小商铺，还有这儿——来这儿，”他说，“如果你想打桌球，我们这儿也有地方。桌球房，你知道。你可能会喜欢。”

“谢谢。”爱德华说，因为他不想得罪这个威利，或者周围看着他们的任何人。他们已经吸引了三五个人跟着他们，穿过空荡荡的大街，保持着距离但是虎视眈眈。“非常感谢你。”

威利带他参观药店的时候手拽得更紧，然后是基督教书店，再然后，他狡黠地眨了眨眼睛，到了那个妓女住的房子门前。

“她也很可爱。”威利说，接着，仿佛想起了什么不愿意想起的事情，又说，“有时候。”

天更黑了，开始下起小雨。威利抬头看着，任由雨水滴进他的眼睛里。父亲擦了擦脸，皱起了眉头。

“我们这儿老下雨，”威利说，“但是你会习惯的。”

“这儿所有东西都有些……潮湿。”我父亲说。

威利狠狠地瞥了他一眼。“你会习惯的，”他说，“这个地方就是这样。爱德华，任何事都要习惯。”

“这不是我想要的。”他说。

“这也是，”他说，“这个你也得习惯。”

他们在沉默中穿过脚下聚集的雾气，穿过轻打在头上和肩膀上的雨水，穿过这个古怪的小镇黄昏一样的早晨。人们在角落里聚集起来看着他们经过，有人加入跟随他们的小分队。爱德华瞥见一个穿着破黑西装、面容憔悴的男人，他认出了那个人，是诺瑟尔·温斯洛，那个诗人。他几年前离开阿什兰去巴黎，去写作。他站在那儿看着爱德华，几乎笑了出来。然而爱德华看到了他的右手，上面少了两根手指，于是诺瑟尔的脸色开始变得苍白，并把手攥到胸口，消失在角落里。人们曾对诺瑟尔寄予厚望。

“当然，”威利说，他看到了刚才发生的一切，“经常有你这样的人从这儿经过。”

“你的意思是？”我父亲说。

“正常人，”威利说，仿佛这个词在他嘴里留了苦味，他啐了口唾沫，“正常人和他们的人生规划。这雨，这潮湿，像是某种残渣，梦的残渣。事实上是许多的梦，我的、他的，还有你的。”

“没有我的。”爱德华说。

“没有，”威利说，“现在还没有。”

这时他们看见那条狗。它就像一团模糊的黑影一样在迷雾中移动，直到它的身形在他们面前显现。它的胸口有白色的斑点，脚趾周围是褐色的，而其他地方都是黑的。它长着短而刚硬的毛，看上去不像是什么特殊品种的狗——一条杂种狗，体内流着好多种狗的血液。它向他们走来，缓慢但是直接，遇到消火栓或柱子都不停下来闻一闻，也不徘徊，只是走。这条狗有要去的地方。这条狗有个目标——我父亲。

“这是什么？”爱德华说。

威利笑了。“一条狗。”威利说，“它会来检查每个人，算是个看门的，如果你明白我的意思。”

“不，”父亲说，“我不明白你的意思。”

“你会明白的，”威利说，“你会的。叫它一声。”

“叫它？它叫什么？”

“没有名字。它从来不属于任何人，所以从来没有名字。就叫它狗。”

“狗。”

“对了，狗。”

于是我父亲蹲下身，拍着手，试图表示友好：“过来，狗！到这儿来，伙计！这儿，乖。过来！”

而狗刚走完一条长而笔直的线，停下脚步，瞪着我的父亲看了很久——反正对于狗来说应该算是很久了，半分钟。它背上的毛竖了起来，它的眼睛直瞪着我父亲的眼睛，张开嘴露出牙齿以及可怕的粉色牙龈。它在大约十英尺远的地方狂吠着。

“也许我该给它让路，”他说，“我想它不是很喜欢我。”

“把手伸出来。”威利说。

我父亲说：“什么？”

狗吠得更大声了。

“把手伸出来给它闻闻。”

“威利，我不觉得——”

“把手伸出来。”威利说。

缓缓地，我父亲把手伸了出去。狗慢慢地向他走来，它低吠着，双颌看上去像要咬人。但当它的鼻子蹭到我父亲的指关节时，它开始呜咽起来，开始舔我父亲的整只手，尾巴摇晃着。我父亲的心怦怦直跳。

威利悲伤而失落地看着，仿佛他被出卖了。

“这是不是意味着我能走了？”我父亲问，站起身，狗在他的腿边蹭来蹭去。

“现在还不行，”威利说，又拽住了我父亲，他的手指深深地箍进父亲的肌肉，“走之前你该喝杯咖啡。”

好食咖啡馆是一个排满绿色卡座和金色碎花富美家塑料桌子的大房间。桌上放着纸杯垫和纤细的、外面结了一层干掉的食物的银勺银叉。房间里很昏暗，浓重的灰色，虽然每张桌上都有人，但看上去还是毫无生气，没有那种上菜前饥肠辘辘的焦急。但是威利和我父亲进来后大家都抬起头来微笑，就像刚上菜似的。

威利和我父亲在一张桌前坐下，还没开口就有一个沉默的招待端上来两杯咖啡——热气腾腾的两杯深黑色液体。威利看了看自己的杯子，然后摇摇头。

“你觉得你能如愿以偿，是吗，孩子？”威利微笑着把咖啡端到嘴边，“你认为自己是一条真正的大鱼，但你不是我们见过的第一个。看看那边的吉米·艾德华兹，超级橄榄球明星、优秀学生。他想到城里去做生意，赚笔大钱什么的。但是他就没有离开过这儿，他没有坚忍不拔的意志和勇气。你知道吗，”他靠了过来低声说，“狗咬了他的左手食指。”

我父亲看了一眼，是真的。吉米慢慢把手从桌上拿下去，塞进了口袋里，并且转过身去。父亲看了看别人——那些看着他的人，发现每个人都是这样。没有人拥有完整的手，有些只剩下几根了。我父亲看看威利，想要问他为什么，而威利好似能够看出他的心思。

“是他们试图逃跑的次数，不管是离开这儿还是回他们来的地方。那只狗，”他说，看着自己的手，“绝非儿戏。”

接着，慢慢地，仿佛接收到了只有他们能听到的指令，坐在周围桌前的人们都站了起来，走到他的卡座前，他们看着他，对他微笑。有些人的名字他还记得，小时候在阿什兰听到过：塞德里克·弗尔克斯、沙利·杜马斯、本·莱特弗。但是现在他们都变了，以前他们看上去几乎是透明的。但是出了点儿问题，他无法看透他们，仿佛他们在视线的焦点上飘进飘出。

他看向他们身后咖啡馆的门，狗坐在那里。狗坐在那里朝这里望着，一动不动。父亲搓了搓手，不知道他在等什么，如果他上次没有把握住机会从狗身边溜走，下次可能就没有那么幸运了。

一个叫作罗丝玛丽·威尔科克斯的女人站在卡座前。她曾爱上过一个城里的男人并企图和他私奔，但是只有他逃了出去。她的眼睛漆黑并陷入曾经漂亮的脸里。她记得我父亲，那时候他还小，并告诉我父亲见到他已经变得这么高大英俊她有多高兴。

卡座周围的人越聚越多，并向里聚拢，父亲发现自己已经动弹不得了，这里已经被挤得水泄不通。在他身边卡座的边缘挤进来一个比威利还老的男人。他就像石化了一般。他的皮肤已经变硬，紧紧地包裹着他的骨头，他的静脉是蓝色的，看起来像冻结的河流一样冰冷。

“我——我不信任那条狗，”这个男人慢吞吞地说，“要是我，就不冒这个险，孩子。它之前没有咬你但你不知道下回会怎样。这太叵测了。你还是好好坐着吧，跟我们说说你要去的那个世界以及你想在那儿找到些什么。”

然后老人闭上眼，威利也是，所有的人都闭上眼，所有的人都等着听我父亲说说他知道的那个正在拐角处等待着他的光明世界——就在这个黑暗地界的另一端。于是他就对他们说了，他说完以后他们都对他表示感谢并对他微笑。

而那个老人说：“真不错。”

“我们明天能再来一遍吗？”有人说。

“明天再来一遍吧。”另一个人小声说。

“有你在真好，”有人对我父亲说，“这儿有你真好。”

“我认识一个很不错的女孩。”罗丝玛丽说，“她也很漂亮，看上去有点儿像我。我很乐意撮合你们，如果你明白我的意思。”

“我很抱歉，”父亲说，挨个看看他们，“大家误会了，我不会留在这儿的。”

“我想这是个误会。”本·莱特弗说，深感厌恶地看着我父亲。

“但是我们不能让你走。”罗丝玛丽说，嗓音轻柔。

“我必须走。”我父亲说，试图站起身。但是他不能，他们把他挤得紧紧的。

“至少住上一段时间，”威利说，“至少几天。”

“先了解我们。”罗丝玛丽说，用可怕的手把她眼前的头发捋开，“你会把别的都忘掉的。”

但是人群背后突然传来“嗖”的一声，然后是一声尖叫，一声犬吠，人们奇迹般地走开了。是狗，它恶狠狠地吼了一声，露出了可怕的牙齿，于是他们都退后，躲避这个流着口水的恶魔，把手都紧紧地攥在胸前。父亲抓住机会从分开的人群中冲了出去，头也不回。他穿过黑暗直到光明再现，世界又变得绿意盎然，柏油路变成了沙砾，沙砾又变成了灰土，魔幻世界的美丽看来近在眼前了。他在路的尽头停下来喘口气，发现狗就在他身后，懒洋洋地吐着舌头，当它追上我父亲后，就用它温暖的身体蹭父亲的腿。此刻除了风穿过树叶没有一点儿声响，他们的脚后留下了一串新鲜的脚印。然后，刹那间，树林分开了，在他们面前是一面湖，一面巨大的绿湖，一直漫延到他看不到的地方。在湖边有一座木制的小型码头，随风浪左右摇摆着。他们一直走到那里，到了那儿狗就一下子倒下了，仿佛用尽了气力。父亲环视着周围，莫名地自豪，他看着太阳从树林背后落下，呼吸着新鲜空气，然后他把手指埋进狗脖子处的毛里，那里温暖、松软，他非常温柔地按摩着狗的肌肉，就像按摩自己心脏上的肌肉一样，狗狺狺地发出欢叫。太阳下山，月亮升起来，湖水微波荡漾。在白色的月光下，他看见那个女孩，她的脑袋美妙地钻出水面，湖水顺着她的头发和脊背流入湖中，她在微笑。她在微笑，我的父亲也是。然后她挥手，她向我父亲挥手，父亲也向她挥手。

“你好！”他说，向她挥着手，“再见！”

进入新世界

父亲进入他即将生活下去的新世界的头一天的故事最好由和他共事过的人——贾斯帕·“老伙计”·巴伦来讲。“老伙计”是布龙公司的副总裁，在我父亲退休后接过了舵盘。

“老伙计”对穿着总是一丝不苟。他戴一条明黄色的领带，穿主管们的深蓝色细条纹西装、黑皮鞋，还有那种又紧又瘦看上去几乎透明的袜子，和他的西服是同样的蓝色调，顺着他的小腿不知爬得有多高。他还有一块真丝手绢，宠物鼠似的从西服心脏处的假口袋里探出头来。而且他是我见过的第一个也是唯一一个有真正灰白鬓角的人，就像书里写的那样。他其余的头发又黑又密，而且很健康，他的头路是一条又长又直的粉红线条，像一条穿过他头顶的乡间小道。

他讲这个故事的时候喜欢靠在椅子上微笑。

“时间应该是一九几几年还是哪一年，”他开始说道，“比我们任何人愿意记得的时间都要早。爱德华刚离开家，只有十七岁，有生以来第一次自力更生，但是他担心吗？不，他不担心：他的母亲给了他几美元来过活——十美元，或者是十二美元——不少钱，怎么算都要比他活到那时候拥有过的钱多。而且他有他的梦想，梦想是让人前进的动力，威廉，你父亲那时已经梦到了一个帝国。但看看他离开土生土长的地方那天的样子，你看到的不过是个年轻、英俊的男孩，除了身上的衣服和鞋上的洞以外一无所有。你可能看不到他鞋上的洞，但是它们在那儿，威廉，鞋上有洞。

“第一天他走了三十英里。那个晚上，他在星空下枕着一堆枯松针睡觉。就在这儿，在这个夜晚，命运之手第一次在你父亲的裤腰带上拽了一把。在他睡觉的时候来了两个“绿林好汉”，把他打得只剩一口气，并拿走了他身上的每一分钱，他差点儿没命。但三十年后他第一次给我讲这个故事的时候——这对我来说才是经典的爱德华·布龙——他说如果他再遇到那两个把他打得只剩一口气并拿走他身上每一分钱的流氓，他会感谢他们。因为，从某种程度来说，他们决定了他余生的道路。

“当时，在树林里垂死挣扎的时候，他当然不会感激。但到早上他已经缓了过来，虽然他身上许多地方都还在流血，他开始走路，已经不知道也不关心要走到哪儿，就是走，向前走，继续走，时刻准备着迎接生活和命运的下一次袭击。这时他看到一座乡村小店，一位老人坐在门口的摇椅上摇来摇去，摇去摇来，他警觉地注视着这个浑身是血的身影慢慢靠近。他叫来他的妻子，她又叫来她的女儿，半分钟后他们端来一壶热水，拿了一条毛巾和一捆绷带，绷带是他们刚才把床单撕成碎条做成的，他们准备着，等待爱德华蹒跚着过来与他们见面。他们准备救这个陌生人的命——不仅是准备，他们决定了。

“但是当然，他不会接受他们的帮助。他不会让他们救他的命。像你父亲这么要强的人——其实也没有几个，威廉，这样的人弥足珍贵，不可多得——是不会接受这样的恩惠的，哪怕事关生死。因为即使他能活下来，他也会觉得自己的生命曾无可奈何地依赖于他人，无法自食其力，这会让他生不如死。

“所以，尽管还在流血，尽管一条腿已经断作两截，爱德华还是找了把扫帚开始扫地。然后他又找来抹布和水桶，因为他急着做点儿好事，他已经完全忘掉了还在流血的伤口。直到他扫完地才发现，自己在店里留下了一大串血迹。他开始抹地，并冲洗地板。他跪着用一块破布擦地的时候，那个老人、他的妻子和孩子就这么看着。他们惊呆了。他们正看着一个男人试图把自己的血迹从松木地板上抹掉。这是不可能的，但是他还在努力。就这样，威廉，他一遍一遍地擦，直到擦不动，直到精疲力竭地脸朝地倒下——他昏死了过去，但他仍然抓着那块抹布。

“他们以为他已经死了。他们跑到他身边——他还有一口气。你父亲给我描述这个场景的时候总是不经意地让我想到米开朗琪罗的《圣母怜子图》：母亲，一个强壮的女人，扶起他的身子并把他搂在怀里，让他躺在她腿上，为他的生命祈祷着。这个年轻人，这个将死的人，看上去没有希望了。但是就当人们焦躁地围着他时，他睁开眼睛说了可能成为他遗言的话，他发现那个老人的店没有客源，便用最后的一丝气息对老人说：‘广告。’”

“老伙计”会让这句话在房间里回荡一会儿。

“然后，就像俗话说的那样，一切成了历史。你父亲康复了。不久他就又强壮了起来。他开始耕地，为院子除草，在店里帮忙。他游荡在乡村各处张贴小海报，为本·吉姆逊的乡村小店做广告。顺便说一句，管小店叫‘乡村小店’是他的主意。他觉得这样听起来更亲切，比就叫一个‘小店’更吸引人，他是对的。也是在那时候，你父亲发明了‘买一送一’的口号。简简单单的四个字，威廉，但是这些字把本·吉姆逊变成了有钱人。

“他在吉姆逊家待了差不多一年，为自己赚了第一桶金。这个世界就像一朵鲜艳的花，在他面前开放了。就像你看到的，”他说，指着他办公室里那包金裹皮的奢华装饰，并朝着我的方向微微点了点头，好像我也不过是我父亲传奇产业的一件产品一样，“对于一个来自亚拉巴马州阿什兰的男孩来说，他做得相当不错。”

第二部

老妇人与眼睛

离开吉姆逊家后，父亲向南游荡，穿越荒郊野岭，辗转大城小镇，冒险无数，并认识了许多有趣而非凡的人。然而他的游荡是有目的的，就像他做的每件事一样。在过去的岁月中他学到了许多生活必修课，现在他希望通过上大学来进一步拓展自己对自然世界的认知。他听说有个叫奥本的城市有这样的学院，他要去的就是那个城市。

他是晚上到达那里的，又累又饿，在一位收留房客的老妇人家中找了个房间。她给他食物和一张可以休息的床。他睡了三天三夜，醒来时感觉又恢复了强壮，神清气爽。于是他对老妇人的帮助表示感谢，并且愿意为她做任何力所能及的事作为报答。

巧的是，那个老妇人只有一只眼睛。另一只眼睛是用玻璃做的，每天晚上她都要把它取下来，浸泡在一杯水里，并搁在床头柜上。

更巧的是，在我父亲到来之前的某一天，一群年轻人闯进了老妇人的家，偷走了她的眼睛。所以她对我父亲说，如果能找到她的眼睛并归还给她，她将不胜感激。父亲当即发誓说一定会办到，当天早上他便离开她家去寻找眼睛。

天气凉爽明快，父亲踌躇满志。

奥本市的名字出自一首诗。在那时，它是学习的中心，向往了解大千世界之谜的年轻人都聚在小小的课堂里，聆听教授说的每一句话。爱德华渴望去这样的地方。

另一方面，许多人去那里就是为了鬼混，并且以此为目的建立了一个庞大的组织。没过多久父亲就发现，正是这个组织的成员闯进了老妇人的家，偷走了她的眼睛。

实际上，这只眼睛成了某种传闻的焦点，在爱德华精心结交的那些朋友中被公开谈论着，而谈及它时大家都心怀敬畏。

据说这只眼睛有种魔力。

据说这只眼睛可以看见。

据说直视这只眼睛会交噩运，因为那个老妇人会认出你来，并且在一个月黑风高的夜晚找到你，然后对你做出难以言喻的事情。

眼睛从来不在同一个地方保存两次，每个晚上都会被交给不同的男孩。这被作为一种加入组织的仪式。保护眼睛不受损害是那个男孩的责任，因此男孩在保管眼睛的那个夜晚是不允许睡觉的，他只能守着那只眼睛。眼睛由一块柔软的红布包着，红布放在一个小木匣子里。早上，眼睛要归还给组织的首领，他会向男孩发问并检查眼睛，然后就会放他走。

爱德华只花了很短的时间就了解了这么多的情况。

爱德华意识到，为了把眼睛归还给老妇人，他必须成为保管眼睛过夜的男孩之一。他打算就这样做。

爱德华向一个新朋友表达了要成为那些男孩同伙的愿望，权衡片刻之后，他们要求他当天晚上独自一人去几英里外郊区的一座仓库。

仓库黑暗而破败，他推门时门嘎吱作响，让人毛骨悚然。黑色铸铁烛台上蜡烛的光焰在墙上游戏，影子在角落里舞蹈。

六个人影对着仓库的背面呈半圆形围坐着，所有人都穿着黑褐色的斗篷。那些斗篷看上去是用粗麻布做的。

他们面前的小桌子上放着老妇人的眼睛，它就像红色丝枕上的珠宝。

爱德华毫无畏惧地走近他们。

“欢迎，”中间那个人说，“请坐。”

“但是无论如何，”另一个人说，语带不祥，“不要往眼睛里看！”

我父亲坐在地板上安静地等待，没有往眼睛里看。

过了一会儿，中间那个人又问："你为什么要来？"

"为了眼睛，"爱德华说，"我是为了眼睛来的。"

"眼睛召唤你来的，是吗？"他说，"难道你没有听到眼睛在召唤你吗？"

"我听到了，"爱德华说，"我听到眼睛在召唤我。"

"那就把眼睛拿走，放进匣子里，守着它一整夜，明天归还到这里来。如果眼睛有什么不测——"

中间的那个男人没有说下去，引起其他人一阵哀怨的窃窃私语。

"如果眼睛有什么不测，"他又说，"如果它丢了或者坏了——"

他又停了下来，透过斗篷下沿注视我的父亲。

"那么我们就会拿走你的一只眼睛作为补偿。"他说。

六个穿斗篷的人整齐划一地点着头。

"明白了。"我父亲说，直到现在他才知道这个相当严厉的规则。

"那么，明天。"他说。

"好的，"我父亲说，"明天。"

离开仓库没入漆黑的乡村夜幕之后，爱德华向灯火通明的奥本走去，陷入沉思。他不知道该怎么办。如果他明天不归还玻璃眼睛的话，他们真的会取走他自己的眼睛吗？更奇怪的事情也发生过。他右手攥着那个匣子走着，用左手摸了摸自己的眼睛，两只都摸了摸，想象着如果少了一只会是什么感觉，并揣摩着这么危险的情况下他是不是真的应该兑现对老妇人的诺言。他知道穿斗篷的那些家伙可能并不想取走他的眼睛，但是，还是有百分之十的可能他们会那么做。哪怕这种可能性只有百分之一，这么做值得吗？无论如何，他的眼睛是真的，而老妇人的眼睛只是玻璃做的。

他整夜守着那只眼睛，注视着它蓝莹莹的光芒，看着里面的自己，直到第二天早上太阳爬上树梢。眼睛闪耀得就像某个被遗忘的神灵的眼睛。

仓库在白天看起来不一样了，不那么恐怖，只是一座少了些墙板的旧仓库而已。干草从那些破洞里捅出来就像仓库是一个破枕头。奶牛嚼着草，附近还关着一匹棕色的马，喘着粗气。爱德华在仓库门前犹豫了一下就推门走了进去，现在嘎吱声并不怎么吓人。

“你迟到了。”有人说。

爱德华望着仓库的后面，但是这次没有什么戴斗篷的人，只有六个大学生。他们和爱德华差不多大，穿着也差不多——懒汉鞋、卡其裤和领尖钉着纽扣的浅蓝色棉布衬衣。

“你迟到了。”他又说。爱德华认出了这个声音，他就是昨晚站在中间的那个人，那个首领。爱德华盯着他看了很长时间。

“对不起，”爱德华说，“来之前我必须见个人。”

“眼睛带来了吗？”他问我父亲。

“是的，”爱德华说，“眼睛在。”

那个男人指着爱德华攥在手里的匣子。“那就交出来吧。”他说。

爱德华把匣子递给那个男人，其他人都围了上来，他把它打开。

他们盯着匣子里看了半天，然后全都转向爱德华。

“不在这儿，”首领说，几乎是自言自语，他的脸因愠怒而变红。“眼睛不在这儿！”他尖叫道。

他们一下子都冲上来，直到爱德华举起手说：“我告诉过你们眼睛在，但我没说它在匣子里。”

六个男孩停了下来，害怕眼睛在我父亲身上，这样他们狠狠揍他的话就会把眼睛也弄坏。

“快拿出来！”首领说，“你没有权力私存！眼睛是我们的。”

“是吗？”

这时仓库的门慢慢地开了，所有人都转身看着那个老妇人，她的眼睛已经重新安好了。她向他们走来，六个人就这么看着，傻了。

“什么——”有人说，问身边的人，“谁——”

“眼睛，”父亲说，“我告诉你们眼睛在这儿。”

老妇人走近的时候他们能看到，眼睛确实在，但是不在匣子里，而是回到了老妇人的脸上。他们想逃走但是不行，她挨个看了他们每个人，他们每个人也都深深地注视了她的眼睛。据说在她的眼睛里，他们每个人都能看到自己的未来。有人看到了什么，尖叫了起来，有人哭了，但也有人只是深深地望着那只眼睛，无法理解，然后抬头看我的父亲，注视着他，仿佛用完全不同的方式认识了我的父亲。

最后，老妇人结束了她的观看，那些人都跑出仓库的门，跑进明亮的晨光里。

就这样，爱德华在奥本短暂的停留开始了。他几乎没有被任何人打扰过，因为人们认为他是受那个老妇人以及她无所不见的眼睛保护的。他开始上课并成了全优生。他记性很好，记得读过的所有书、看到过的所有东西。他还记得那天仓库里那个首领的脸，就像那个首领会记得他一样。

我母亲差点儿嫁给了拥有这张脸的男人。

父亲之死：镜次二

事情是这样发生的。老医生本奈特，我们的家庭医生，从客房里走出来，轻轻地关上身后的门。他已老得不能再老，看上去就像残留在太阳下的一枚苹果核。我出生的时候他就在，而且那时候他已经老了。母亲和我坐在客厅里等着他发话。他把听诊器从他的老耳朵上摘下来，无望地看着我们。

他说："我无能为力，很抱歉。如果你们还有什么要安慰爱德华的，还有什么话要说，现在也许……"然后他的话音变成一串呢喃直至沉默。

我们已经预料到了这最后一面。母亲和我叹了口气，其中一半是悲伤，一半是突然解除身心紧张后的松弛。我们互相看着，交换着这样的表情，这种一生一次的表情。我有些意外，这一天终于来临了，虽然本奈特医生在一年前给了他一年的期限，但他在死亡线上徘徊了这么长时间，以至于我开始希望他会永远这样徘徊下去。

“也许我该先进去。”她说，她看上去很憔悴，精疲力竭，她的微笑毫无生气但是竟很平静，“除非你想先进去。”

“不，”我说，“你先去，然后——”

“如果有什么——”

“对，”我说，“就让我知道。”

她深吸一口气，站起来，像梦游一样走进他的房间，让门就在身后开着。本奈特医生轻轻地垂下肩膀，仿佛他这一把年纪连骨头都已经融化，就这么恍惚地站在客厅中间，被生与死的力量阴沉地震撼着。几分钟后母亲回来了，从脸颊上擦去一滴眼泪，并给了本奈特医生一个拥抱。他认识她的时间比我长，我想。她也老了，但是站在他身边，她像是长生不老一样，她看上去就像一个即将成为寡妇的年轻女人。

“威廉。”她说。

于是我走进去。房间很昏暗，灰蒙蒙的很适合午睡，但透过窗帘能看到外面的光线盈盈欲入。这是客房，这是我朋友曾经过夜的房间，在高中结束之前都是这样。而现在这个房间成了父亲的丧室，他来日无多。我进去时他笑了。临终。他有人们临终前的那种表情，快乐且悲伤，疲惫却幸福，它们同时出现在他脸上。我在电视里看到过，主角弥留之际回光返照直至最后，用柔弱的声音给心爱的人们留下忠告，对他最终的预言满怀盲目的乐观，并且通常都会让人流泪。他们那么从容。但是我父亲却不一样，他根本没有回光返照或盲目乐观。实际上他喜欢说："为什么我还活着？我觉得我应该已经死了很久了。"

他看上去也是这样，刚过中年的身体看上去就像刚从地里挖出来复苏后准备进入下一轮生命一样。虽然他从来就没有那么多毛发——他是个梳大背头的老行家，但仅有的那些头发也掉了。他皮肤的颜色是一种奇怪的纯白色调，所以我看着他时脑海中出现的词是"凝结"。

我爸爸凝结了。

"你知道，"他有天对我说，"你知道我想要什么？"

"什么，爸爸？"

"一杯水，"他说，"来一杯水的话正中下怀。"

"来了。"我说，我递给他一杯水。他颤抖地端到嘴唇边，淌了一些在下巴上，然后抬头看着我，眼神仿佛是说他可以活很久——或者说更久，无论如何，都要比他现在活得久——假如我不这么看着他把水淌到下巴上的话。

"对不起。"他说。

"别往心里去，"我说，"你没有洒多少。"

“不是说这个。”他说，然后他给我一个痛苦的表情。

“好吧，接受道歉。”我说，“但是你知道，经历这一切，你是个真正的勇士。妈妈和我真的为你骄傲。”

他并没有对此发表任何意见，因为虽然他就要去世了，他还是我的父亲，他不喜欢别人像对中学生那样对他说话。在过去一年里，我们交换了位置——我成了父亲，而他成了生病的儿子。在这种特殊的情况下，他的行为由我打分。

“哦，孩子，”他疲惫地说，就像他的头部受到了击打一样，“我们刚才说到哪儿了？”

“水。”我说。

于是他点点头，想了起来，又抿了一口水。然后他笑了。

“有什么好笑的吗？”我说。

“我刚刚在想，”他说，“我离开这个客房的时候应该正好是招待客人的时候。”

他大笑起来，或者说是做了这些日子来被我们当作大笑的动作——其实就等于大喘气。搬进客房是不久前他自己的决定。虽然他愿意在家里死去，和我们在一起，但是他不愿意死在最近几十年来和母亲共用的卧房里，因为他觉得这样会毁掉她的未来。在客房中死去并被抬走正好可以腾出地方来给参加他葬礼的远亲住，这是他最近经常重复的俏皮话，每次都像是突发奇想说出这句话一样，我猜也许就是这样。每次他都以同样的新鲜感说出这些话，而我只能为他的健忘挤出点儿笑容。

于是我们就僵持在那里，微笑挂在脸上像一对白痴。你在这种时候会说些什么，在为今生来世划分界限的最后一天？这一天将改变一切，你们两个人的一切，天人永别。在这天的最后几分钟，还有什么话可以用来安慰？现在是下午三点十分，外面是夏天。这个早晨我还打算晚上和上大学返家的老朋友去看场电影，母亲在为晚餐做着茄子砂锅，她已经把配料都摆在了厨房的操作台上。在本奈特医生带着他的坏消息从房里出来之前，我还决定要跳进后院的游泳池。直到最近，父亲几乎还生活在里面，游泳是他唯一能做的运动。游泳池就在客房的窗外，母亲认为我游泳有时会让父亲没法睡觉，但是他喜欢听我游泳时哗哗的水声。他说，让他觉得自己也能湿润一点儿。

渐渐地，白痴般的微笑从我们脸上退去，我们只是平静地看着对方。

“嘿，”父亲说，“我会想你的。”

“我也会想你。”

“是吗？”他说。

“当然，爸爸。我是那个——”

“还活着的。”他说，“这么看来你该是那个想念的人。”

“你会——”我说，仿佛体内有一种力量驱使我说出来，“你会相信——”

我让自己住口。在我们家有条不成文的规矩：最好不要和我父亲谈论宗教和政治。如果话题是宗教他会一言不发，要是政治他就说个不停。其实，大多数事情都很难和他谈论。我指的是那些事物的本质、重要的事、真正有意义的事。不知为什么，和他说这些太困难了，也许还有些冒险，对于这个忘掉的地理、数学、历史知识比我学过的还多的智者（他知道五十个州的首府，以及从纽约向正东方飞行可以到哪里）来说，这些都是琐事。所以每次谈话时我都尽量在脑子里编辑好内容，但是有时还是会有些粗鄙的话蹦出来。

“相信什么？”他问我，用那样的眼睛看着我，那样幽蓝的小眼睛，把我困在那儿。所以我说了出来。

“相信天堂。”我说。

“我会不会相信天堂？”

“还有上帝什么的。”我说。因为我不知道，我不知道他是否相信上帝，或者来世，或者我们都会投胎回来成为别人或别的什么东西。我也不知道他是否相信地狱，还有天使，还有极乐世界，还有尼斯湖水怪。他健康的时候我们从来不谈论这些东西，他病了以后我们谈论的大多是药物和他已经无法欣赏的体育比赛，因为电视打开几秒钟他就会睡着，还有克服疼痛的方法。现在我希望他忽略我说的话。但是突然他的眼睛瞪得大大的，并且好像更明亮了，仿佛被他死后等待着他的某种景象摄了去，而非身处空荡荡的客房，仿佛这个念头是头一次降临在他脑子里。

“问得好，”他把嗓门提高，“我不知道我是不是真的能回答，不管用什么方式。但这让我想起——要是你听我说过就打断我——耶稣为圣彼得看门的那天。反正耶稣那天是给他帮忙。有个人慢吞吞地走到天堂门口。

“‘你有什么作为得以升上天堂？’耶稣问他。

“那个人说：‘其实真没什么。我只是一个穷木匠，平静地过了一生。我一生唯一值得一提的是我的儿子。’

“‘你的儿子？’耶稣提起了兴趣。

“‘是的，他是个了不起的儿子，’那人说，‘他的诞生非比寻常，又经历了巨大的转变。后来他扬名世界，直到今天还深受人们爱戴。’

“基督看着这个人，紧紧地把他抱在怀里，说道：‘父亲，父亲！’

“那个老人也拥抱了他，然后说：‘匹诺曹？’”

他捯了口气。我笑了，摇着头。

“听过。”我说。

“你应该打断我。”他说，讲完后明显有些体力不支，“我还剩几口气？你不希望我把它们都浪费在过期的笑话上吧？”

“你最近不大可能学新的吧？”我说，“反正就当是那种精选，大汇总——爱德华·布龙典藏笑话集。它们都很有趣，爸爸，别担心。但是你还没回答我的问题。”

“什么问题？”

我哭笑不得。他一辈子活得就像乌龟，戴着一个感情背甲，防守严密，根本没法进入。我的希望是在这最后关头，他能对我展示他脆弱温柔的下腹。但是他没有，现在还没有，而我傻乎乎地以为他会。从一开始就是这样：每次我们接近一些有意义的、严肃或微妙的话题，他就讲个笑话——从来没有是或不是，你怎么想，这样，我认为，这就是生活的意义。

“为什么你认为这就是？”我说出了声，就像他能听见我的想法。

事实上他能听见。

“正面谈论这些事情总是很别扭。”他说，在被褥底下别扭地挪动着，“谁又有确凿的证据？无凭无据。所以某天我认为是的，第二天又不是了。其他时候，我模棱两可。有上帝存在吗？有时候我真的相信有，其他时候就不确定了。在这种不够理想的条件下，一个好笑话反而更合适。至少能让你发笑。”

“但是笑话，”我说，“笑一两分钟就完了，什么用都没有。哪怕你每天都改变想法，我也希望你能和我分享这些想法，哪怕是你的疑虑都要好过一连串的笑话。”

“你说得对。”他说，重重地靠到背后的枕头上，看着天花板，好像在表示他无法相信我会在这个节骨眼上给他出这样的难题。这是个负担，我看到了它对他的重压，把他的生命都要挤出去了——真不敢相信我这样做了，就这么说出了口。

“但是，”他说，“如果我把我的疑虑拿出来和你分享，关于上帝、关于爱、关于生命、关于死亡，你得到的也就是这些，一大堆疑虑。但是现在，你看，你至少有这么多很棒的笑话。”

“并不都很棒。”我说。

中央空调嗡嗡作响，把遮阳窗帘的底部吹开。光线流淌着穿过百叶窗，尘埃飘游着。房间里散发着淡淡的臭气，我以为自己已经习惯了，但是还是没有。它并不总是让我觉得难以忍受，但现在我觉得它很浓烈。如果不是因为这股味道，就是因为刚才受到的打击——在过去几秒钟里我对父亲的了解胜过之前我一生的了解。

他闭上眼，我开始害怕，心跳加剧，我觉得应该去叫妈妈，但是当我起身时他却轻轻攥住了我的手腕。

“我曾经是个好爸爸。”他说。

他留下这样一句并不确凿的话，仿佛等着我表示赞同。

我看着他，想着这句话。“你现在也是个好爸爸。”我说。

“谢谢。”他说，他的眼睑颤动了几下，仿佛已经听到了他想听的话。这就是临终遗言的意义：它们是打开来世之门的钥匙——它们不是遗言而是密码，一旦说出口，就可以走了。

“那么。今天是什么，爸爸？”

“什么是什么？”他迷迷糊糊地说。

“上帝和天堂什么的，你怎么想？有还是没有？也许明天想法会不一样，我明白。但是现在，就是现在，你觉得如何？我真的想知道，爸爸，爸爸？”我说，他看起来就像要渐渐离开我进入深度睡眠一样。

“爸爸？”我说。

于是他睁开眼睛，用他那突然充满迫切之情、婴儿般苍蓝的眼睛看着我，他对我说，他对坐在床边等待他死去的儿子说，他说：“匹诺曹？”

伟大的初恋

爱上奥本城最漂亮，可能还是整个亚拉巴马州最漂亮的女孩——桑德拉·凯伊·坦普雷登小姐，是我父亲最快乐也是最不幸的事。

为什么不幸？因为他不是奥本唯一，可能应该说不是亚拉巴马州唯一一个爱上她的人。他领了个号，然后排到队伍最后头。

她的美貌早被她的一位颇有天赋的爱慕者写进了歌里称颂过一番：

桑迪，桑迪，桑迪

你是个漂亮的小妞

快跳进我的车里

我带你去兜风

……

后面还有。

为了赢得她的爱情，还出现过决斗、赛车、酗酒和空手搏击事件，至少有一条狗是以她的名字命名的，可能还不止一条。

桑德拉并没想过要这样美丽，被这么多男人爱上也并不是她的初衷——一个就够了。但是她也没办法不这么漂亮。她的美貌是如此广受爱慕，她刚拒绝了一个追求者，另一个马上带着鲜花、歌谣和斗志冒出来取代他的位置。所以她只关心自己的事，也让别人都少管闲事。人们在她身后排起了长长的队伍，一个名副其实的俱乐部，因蠢蠢的念头和破碎的心而集合起来的兄弟会。

爱德华没有写什么歌。很长时间里他都毫无作为。当然他会看看她。他并不介意目送她经过自己身边，视觉本身就会传递某种特殊的兴奋。她就像随身携带着光芒，因为无论走到哪儿，她都是闪亮的。谁能解释这个现象？

爱德华也喜欢偶尔追随一下这束光芒。

神腿

他快得出奇，据说他还没有拔腿就已经到达目的地了。与其说是跑还不如说是飞，他的脚似乎从不着地，只是踩着气流。他从来不要求比赛，但是许多人会向他挑战。尽管他会劝他们不要比，但是年轻人的唇齿相讥总是很难忍让的，最后他总是脱掉他的鞋——他从来不穿着鞋跑步——然后等他热血沸腾的对手做好准备。然后他们开始。应该说，结束了，因为从来没有什么比赛的过程。在那个希望与我父亲切磋技艺的年轻人还没离开起跑线之前，他已经看到他希望战胜的对手的模糊身影出现在终点线上了。

付诸行动

长话短说。很快他就不满足于只见见她了，他必须靠近她，必须交谈，必须触摸。

有段时间他一直跟踪她。在教室之间或从教室到大厅里，诸如此类。偶尔与她擦肩而过，或在咖啡馆里扶一下她的胳膊。

“对不起。”他总是说。

她钻进他的脑子里，她快要让他发疯了。有一天他看着她削铅笔，她柔软的手攥着那根长长的黄色小木棍，他捡起掉在地上的铅笔屑，在大拇指和食指之间研磨着。有一天他看见她在和某个人说话，那个人他好像认识。她以他从未见过的方式微笑着。几分钟里，他看着他们谈笑风生，然后他的心一沉，他看到她四下望了望，然后缓缓地倚上去吻了那个人。看到这些时他几乎要放弃追求她，然后他想起了那张脸——是仓库里的那个家伙，那个偷走老妇人眼睛的人，他的名字叫唐·普莱斯。

父亲觉得既然赢过他一次，就一定能再赢一次。

他的整个身体都要因渴望而爆炸了，血脉偾张。他必须想办法释放这种压力。

第二天父亲的机会就来了。

他在走廊里看到桑德拉。“桑德拉，”他说，挑了个不太合适的时间——她正要进女厕所，“你不认识我。也许你从来没有见过我，但是我想，如果你愿意的话，我是说……那个，这个周五晚上也许我们能去哪儿逛逛。如果你愿意。”

毫无意外，在这个珍贵的时刻，她的感觉和他一样：她的身体也要爆炸了，血脉偾张，她也需要释放这种压力。

“嗯，好的，”她说，好像并没怎么考虑，“那就周五。”然后就迅速地走进了女厕所。

她说好的。尽管就在那天早上，唐·普莱斯向她求婚了，她也几乎要答应了，但是好像有个声音让她再考虑两天。就像我的父亲把他的愿望轻轻念了出来，而她听见了一样。

打架

爱德华·布龙不是个好斗的人。他太热衷于讲道理，不会采取这种原始粗暴并且通常很痛苦的方式来解决争端。但是在被迫的情况下他也会自我防卫，他带着桑德拉·凯伊·坦普雷登在松山山路上兜风的那天晚上就被迫防卫了一次。

他们第一次约会后三个星期过去了，这段时间里爱德华和桑德拉说了许多话。他们一起去看电影，分喝了几杯麦芽啤酒，他甚至给她讲了一两个笑话。只是简简单单地做他自己——不多也不少——我父亲就已经渐渐赢得了我母亲的心。事情变得认真起来：他触摸她的手时，她会脸红，她会忘掉说了一半的话。并不是说她已经爱上我父亲，但她觉得她可以。

也许她还需要考虑考虑。

那个晚上对她整个的考虑过程来说相当重要，就是兜风的那个晚上。在漫无目的地开车转悠了几英里之后，他们发现自己开到了某条乡村小路上，单独待在漆黑的树林里，被寂静笼罩着，他应该向她靠过去，她也应该不知不觉地靠向他，他们应该陷入热吻。他们正要这么做的时候，我父亲在后视镜里看到了一对车前灯，开始很小，但是越来越大，在松山狭窄蜿蜒的山路上飞快地朝这里驶来。爱德华不知道是唐·普莱斯。他只知道有辆车在他们身后以危险的速度驶来，因此他放慢车速——出事之前最好做个明智的决定。

刹那间，车子已经来到他们正后方，车前灯在他们的后视镜中闪耀着。爱德华把车窗放下，示意那车子超过去，但是他这么做的时候保险杠却被撞了一下。桑德拉惊呼一声，父亲用手碰了碰她的腿让她冷静。

“没事，”他说，“可能是几个喝醉的小孩。”

“不是的，”她说，“是唐。”

父亲明白了。不用多说，情况已经很明确了：假设是在一百年前，在某个西部的边境小镇，唐和他在尘土飞扬的大街中央相遇，他们的手都已经放在枪套上了。该是摊牌的时候了。

唐的车又撞了一下保险杠，我父亲踩下了油门。爱德华必须证明，如果唐·普莱斯要的是速度，爱德华可以更快。于是他飞快地转过下一个弯，把唐·普莱斯甩在身后。

但是唐·普莱斯又追了上来，就几秒钟时间，而这次他没有从后面撞上来，而是同我父亲并排行驶着。两辆车占了整个路宽，就这样飞快地在山路上周旋——胆子小的人早就停车了。唐·普莱斯把他的车挤到了我父亲的车道上，我父亲又挤了回去，两辆车的车门擦在一起。父亲知道如果他愿意，他可以在这条路上一直开下去，但是不知道唐·普莱斯情况如何。他们的车在颠簸盘绕中前后交错的时候父亲瞥了他一眼：这小子喝酒了，一定是。

父亲最后一次加速，超车，然后突然变向，用他的车挡住了路。唐·普莱斯就在几英尺外刹了车，两个人立即跳下车，怒目相对，只隔着一臂的距离。

“她是我的。”唐·普莱斯说。

他和爱德华一样高大，肩膀甚至更宽一些。唐的父亲开了家卡车公司，他夏天在那里打工，往拖拉机的拖车上装货卸货，从身板上能看出来。

“我不知道她是属于谁的。”我父亲说。

“好吧，现在你知道了，小乡巴佬。”唐看着仍坐在车里的她，“桑德拉。”

但是她没有动，只是坐在那儿，思考着。

“我们快结婚了。”唐对我父亲说，“我已经向她求婚了，小乡巴佬。她没对你说吗？”

“问题是，她是怎么对你说的？”

唐·普莱斯什么都没说，但是他的呼吸加速了，眼睛也眯了起来，就像一头等待进攻的公牛。

“我能把你像纸偶一样撕碎。”他说。

“这样做没道理。”我父亲说。

“你最好这么想。”唐·普莱斯说，“只要桑德拉坐进我的车，马上！”

“她不会这么做的，唐。”我父亲说。

唐·普莱斯大笑起来：“你他妈凭什么这么说？”

“你喝醉了，唐。”他说，“我来开车带她下山，如果那时她愿意跟你走也行。这样如何？”

但这只是让唐·普莱斯笑得更大声。尽管他还记得几周前他在老妇人的玻璃眼睛里看到了什么，唐·普莱斯还是要笑。

“多谢你还他妈的给我选择，乡巴佬，”他说，“但是免了。”

唐·普莱斯带着十个人加起来的愤怒向我父亲冲过来，但是我父亲的力量远不止十个人，他们扭打了一阵，用拳头互相击打着。两个人的脸上都挂了彩，血沿着他们的鼻子和嘴唇流下来，但最后是唐·普莱斯倒了下去，并且再也站不起来了。爱德华胜利了。然后他把对手瘫软而疼痛的身躯抬到自己车子的后座上，把唐·普莱斯和我母亲送下山，送到镇上。他开着车一直到我母亲的宿舍门口，把车停在深夜的黑幕中，唐·普莱斯还在后座小声地呻吟。

很长时间，我母亲和我父亲都没有说话，太寂静了，几乎可以听到对方在想什么。然后我父亲说：“他向你求婚了吗，桑迪？”

“是的，”我母亲说，“他求婚了。”

“那你是怎么对他说的？”他问她。

“我说我要再考虑一下。”她说。

“然后呢？”我父亲说。

“然后我考虑过了。”她说，拉起我父亲血糊糊的手。

然后他们陷入热吻。

女婿上门

根据我父亲的描述，我外公身上一根毛发也没有。他在乡下有一处农庄，和外婆住在那里。算到当时，她已经卧床十年了，饮食无法自理也不能说话。

外公骑一匹很棒的马。它高大得无有出其右者，浑身黝黑，只有两条腿上各有一块白斑，就在蹄子上方。

外公深爱我的母亲。在她很小的时候，他就编了许多关于她的美妙故事。如今他老了，并且有些糊涂，他开始相信这些故事是真的了。

他认为是她把月亮挂上天的。他确实时不时会相信如果不是她把月亮挂上去，月亮就不会在那儿。他相信星星都是为她而许下的心愿，有一天它们都会实现。她很小的时候他就这么对她说来逗她开心，现在他都相信了，因为这让他自己很开心，也因为他真的很老很老了。

他们没有请外公参加婚礼。原因很简单：他们没请任何人。与其说是场婚礼不如说就是在奥本法院办理的一个法律程序，由陌生人证婚，由发着烧的老法官主持婚礼。老法官的嘴角冒着零星白沫，慢吞吞地宣布，从此刻起，你们结为夫妇，直到死亡将你们分开云云。情况就是这样。

对坦普雷登先生解释清楚这些并不容易，但是我父亲想试一试。他开车来到农庄大门前，那里挂了块写着“别按喇叭”的牌子。恰好，新娘的父亲就在那儿，骑在马背上，特别显眼。他疑心重重地看着这辆长长的车，车里他的女儿害羞地挥着手。他把一大条木头从篱笆柱子上六英寸宽的开槽中退了下来，打开大门，父亲缓缓地把车开进去，生怕马受到惊吓。

他把车一直开到房子前，坦普雷登先生骑着马跟在后面。母亲和父亲都很平静。

他看看她笑了。“没什么可担心的。”他说。

“谁担心了？”她笑道。

虽然他们俩心里都不怎么踏实。

“爸爸，”进屋后她说，“来见见爱德华·布龙。爱德华，这是塞

思 · 坦普雷登。现在你们握手。”

他们照做了。

坦普雷登先生看着他的女儿。“我为什么要这么做？”他问。

“做什么？”

“和这个男人握手呀！”

“因为他是我的丈夫。”她说，“我们结婚了，爸爸。”

他们还握着手，他深深地注视着爱德华的眼睛。然后他笑了，听起来就像一声爆竹。

“结婚了！”他说，然后他走进房间，新婚夫妇跟在他身后。他从冰柜里给他们拿了两罐可乐，然后他们在客厅里坐下。坦普雷登先生在一根象牙把的烟斗里塞满烟丝然后点着，于是房间里瞬间笼罩了一层薄薄的烟雾，就挂在他们头顶上方。

“那么这究竟是怎么回事？”他问，抽一口咳嗽一声。

这似乎是个很难回答的问题，所以没人说话，他们只是微笑。

爱德华看着这个男人寸草不生的鹅蛋脑袋，然后看着他的眼睛。“我爱您的女儿，坦普雷登先生。”我父亲说，“我打算一辈子爱她、照顾她。”

我父亲之前考虑了很久该说些什么，最后说出口的却是这么简单的几句——但又很深刻。他认为这些话已经代表了一切，并且希望坦普雷登先生也能这么认为。

“布龙，对吗？”坦普雷登先生斜着眼问，“我以前认识一个叫布龙的，和他一起骑过马。在 1918 年或是 1919 年，我是个骑兵，驻扎在黄石。那时候有强盗，你可能想不到，大多数是墨西哥强盗，还有马贼或是普通的贼。我们一起追捕闯进我们地盘的那些家伙——布龙和我，当然还有其他人，罗杰逊、梅贝瑞、施蒂姆逊——一直追到墨西哥。哦，是的。我们的地盘。我们追捕他们，一直追到墨西哥，布龙先生，一直追到墨西哥。”

我父亲点点头，微笑，喝着可乐。他说的话坦普雷登先生一句都没有听进去。

“您外面那匹马长得真俊。”我父亲说。

“你对马也有研究？”他说，然后又笑了——发出爆裂沙哑的声音，“你找了个懂点儿马的男人，对不对，亲爱的？”

“我想是的，爸爸。”她说。

“很好。”他点头道，“非常好。”

这一天就这么过去了。坦普雷登先生说了些当骑兵的日子里发生的故事，他们有说有笑。然后话题转到宗教和耶稣，这是坦普雷登先生最爱的话题之一，他认为把耶稣钉上十字架是特别卑鄙的行为，因为彼拉多总督和耶稣曾经是牛津的室友。这么看来，彼拉多确实做了件天大的龌龊事。这个下午再也没有提到过结婚这档子事——事实上，坦普雷登先生好像完全忘记了他们究竟是来干吗的。

黄昏来临，应该道别了。

他们三个人站起身，男人们又握了握手，然后经过关着的卧室门前，在那里放慢脚步。桑德拉看看她的父亲，他摇摇头。

“今天不太好，”他说，“最好不要打扰她。”

他们就这样走了。他们俩在昏暗的夜色中向老人挥着手，他也向他们挥手，然后带着孩童般的快乐，他指向星空。

三份工

我父母搬到了亚拉巴马州的伯明翰，因为那是个装满希望的大都市，父亲要在那里寻找他的财富。关于他的力量、智慧与毅力的声名早已远播到了这里，然而他太年轻，父亲明白，他还是要打上几份大工之后才能确定自己的归宿。

他的第一份工是兽医助理。作为兽医助理，他的首要职责就是清理狗窝和猫笼。每天早上他来上班的时候那些窝盆和笼子里几乎都塞满了便便。有些便便会乖乖地躺在他前一天晚上铺好的纸上，但是更多的便便都糊在墙上，有些甚至就粘在那些动物自己身上。父亲每天早晨和夜晚都要收拾一次这堆烂摊子。他总是一直收拾到笼子闪闪发光，地板干净得可以在上面吃顿饭，他离开的时候处处一尘不染——但只要几秒钟就又全都搞脏了。这种西西弗斯式的挫折感是这个工作最糟糕的地方：你刚把狗狗锁进新打扫过的可爱笼子里，它就这么直愣愣地看着你，然后拉便便了。

他的第二份工是市中心史密斯百货店里女子内衣专柜的营业员。把他安排在女子内衣专柜本身就像个刻薄的玩笑，他也确实受到很多其他部门男性同事的无礼嘲弄——特别是运动专柜的人。但是他坚持了下来，并最终赢得了常来史密斯百货购物的女士们的青睐，她们更相信他而不是那些女同事，她们欣赏他敏锐的眼光。

但是有一个女人永远无法接受父亲这样的营业员。她的名字叫穆里尔·莱茵沃特。她一辈子都住在伯明翰，有过两个丈夫，都死了，没有孩子，钱多到她死的那天都数不完。那时她已经快八十岁了，就像一棵树，每年她的腰围都会粗一圈，直到变成块纪念碑。但她还是非常虚荣，她并不想减肥，却还是想看上去瘦一点儿，所以她经常光顾史密斯百货的女子内衣部专柜，选购最新款的塑身内衣。

所以每个月莱茵沃特夫人都会迈着方步走进史密斯百货，坐到一张为顾客准备的大沙发椅上，一言不发，只是冲着一个营业员点点头，那个营业员就会立刻送上最新款的塑身内衣。不过爱德华·布龙永远不可能是那个营业员。

这显然是故意的。但事实上爱德华也不怎么喜欢莱茵沃特夫人——没人喜欢。她的脚散发着樟脑丸的味道，她的头发就像烧焦的布片，还有她伸手指向她想要的东西时颤动的手臂。但是她总是不让他为她服务，这使她成了爱德华最想服务的对象。

他定了个目标，要给穆里尔·莱茵沃特设个埋伏。于是他拦截了新一批到货的塑身内衣，把它们藏在仓库的一角，只有他能找得到。

第二天莱茵沃特夫人就来了，她坐到沙发椅上指着一个女孩。“你！”她说，“把塑身内衣给我拿来！”

女孩着了慌，她很怕莱茵沃特夫人。“塑身内衣吗？”她问，“可是还没有到货呀？”

“已经到货了！”莱茵沃特夫人说，她的嘴大张着就像个大岩洞，“我知道已经到货了！你！”她手指着另一个营业员，手臂摇晃着就像个水气球，“如果她不能为我服务，那么你应该可以。把塑身内衣给我拿来！”

那女孩哭着就跑了。后面那个女孩还没等莱茵沃特夫人开口就跪了下来。

最后，除了我父亲已经没有人可以指了。他站在展示厅远端，高大而自信。她看见了他，但就当没看见。她就当他根本不在那儿。

“有谁能帮帮我吗？”她尖叫道，“我要看看新款的塑身内衣！请问有谁能——”

我父亲穿过展示厅来到她面前。

“你想干吗？”她说。

“为您效劳，莱茵沃特夫人。”

莱茵沃特夫人摇着头瞪着她的脚下，好像想要吐唾沫似的。“男人不应该在这个专柜出现！”她喊道。

“但是，”他说，“我在这儿，而且只有我知道新款塑身内衣在哪儿，只有我能帮你。”

“不！”她难以置信地直摇手，她的眼神显示着她受到了惊吓，“不可能……我、我——”

“我很乐意把它们给您拿来，莱茵沃特夫人，非常乐意。”

“那好吧！”她说，嘴角上攒起了些唾沫星子，“把塑身内衣拿给我！”

他照办了。莱茵沃特夫人站起来，蹒跚地走向更衣室，塑身内衣放在那儿的凳子上。她砰地关上身后的门。父亲听见嘟囔声、呻吟声、啪嗒收紧带子的声音。

几分钟后，她终于出现了，而她已经不再是莱茵沃特夫人。她完全变了个样，塑身内衣装着这个鲸鱼般的女人，并把她变成了美丽的化身。她确实有着硕大的胸部以及比例失调的臀部，但是她的线条已经完全是流畅而圆滑的了。她看上去年轻、可爱了许多，而且显然比过去更快乐了。这真是工艺上的奇迹。

她看着我父亲，仿佛是在看着一尊神。“就是这个！”她喊道，她的声音带着动听的音调，“这就是我等了一辈子的塑身内衣！没想到是你——你——我真不公平！你能原谅我吗？”

然后她转过身面对着镜子，激情澎湃地欣赏着崭新的自己。

“哦，是的。”她说，“哦，天哪，是的。我看起来就该是这个样子的。穿着这个，我也许都能找到个新丈夫了。我从来不相信塑身内衣能如此快速地达到这么好的效果，但是看看我！看看！”

她转过身，充满爱慕地看着我的父亲。“你前途无量啊，年轻人。”她说。

爱德华·布龙的第三份工，也是最后一份工，和一条野狗有关。从营业员迅速晋升为经理后，我的父母搬进了一幢白色的小房子里，对面是所小学。他们是住在这幢房子里的第二户人家。它是艾莫斯·凯劳威在六十年前造的房子，他和他的妻子在房子里安了家。后来，凯劳威夫妇所有的孩子都搬走了。凯劳威夫人在许多年前去世了，凯劳威先生去世后，所有的邻居都以为他们某个可爱的孩子会搬回来住。但是他们都没有，孩子们都在遥远的小镇或城市扎了根。在安葬他们的父亲之后，孩子们匆忙给房子挂了牌。能拿下这套房子布龙夫妇感到很幸运。

但是布龙夫妇并不受欢迎，在艾莫斯·凯劳威的房子里是这样。

艾莫斯·凯劳威和房子的联系太紧密，以至于他死后，一些邻居建议把房子拆了，在那里为孩子们建个公园。如今凯劳威一家已经不在了，也许这房子应该拆掉。而陌生的新婚夫妇住在这儿，给人的感觉就像他们两个人想挤进艾莫斯·凯劳威的棺材一样——他自己的遗体才刚刚放进去。简而言之，没人喜欢布龙夫妇。

我父母想尽办法要改变这种情况。我母亲收养流浪猫，因为听说凯劳威夫人就是这么做的；父亲继续把沿街的杜鹃花丛修剪成字母的形状，艾莫斯在当地是以此闻名的。但毫无用处。周末父母会在院子里劳动，就像他们的邻居一样，但邻居们对此都视而不见。从某种意义来说，他们是被迫隐身了——为了接受凯劳威一家已经不在这儿的事实，邻居们选择忽略布龙夫妇的存在。

直到有一天邻居们遭到了一群野狗的入侵。鬼知道它们是从哪儿来的，足足有六条还是八条，还有人说是十条。晚上它们撕开垃圾桶，在花园里挖深坑，如天鹅绒帆布般的睡眠被它们可怕的吼声和邪恶的嘶叫所撕裂。其他胆敢面对它们的狗都在第二天一早暴尸于街上，或者从此消失。黄昏后孩子们都不被允许出门，有些人无论到哪儿都带着枪。最后，小镇叫来了国家动物管理局的人。

在一个血雨腥风的夜晚，所有的野狗都非死即擒——除了一条，它是最凶残最可怕的狗。它浑身漆黑，和夜色混为一体。据说它很狡猾，你甚至感觉不到它在逼近，直到它向你露出闪着寒光的牙齿。

这条狗不仅是条野狗，还是条疯狗，似乎拥有人类怨恨和愠怒的能力。有家人在他们的房子周围装了通电的篱笆，却付出了惨痛的代价。一天晚上他们透过窗户看见那条狗撞进了篱笆，它被电打了一下弹回大街上，但是没受什么实质性的伤害。从此那条狗几乎是蛮横地绕着这栋房子的边缘打转。这样做的结果是至少整整一个晚上，没有人能进去也没有人能出来，这家人就像为自己建造了个监狱而不是保护伞。

如果是从前，父亲一定能驯服这条狗并把它带回它来的那座小山上——这就是他对付动物的办法。但是那时他没有。为什么？因为他做不到了，新生活的严酷削弱了他的能力。不是他犹豫要不要使用与生俱来的能力，而是他好像失去了那些能力。

如果不是命运在父亲的腰际推了一把，迫使他那天晚上离开家出去散步，那条狗的横行霸道可能还在继续。爱奇伍德大街上当然空无一人：大家都知道太阳下山以后，地狱犬（现在大家都这么叫它）就会在大街上出没，谁还敢出门？然而父亲并没把这条狗的事放在心上，他不是那种会因恶犬威胁而影响自己生活的人。或许，我的父亲是某种巨大力量的使者。我们唯一能肯定的是，某天晚上他出去散步时救了一个孩子的命。

那个孩子，三岁大的詹妮弗·摩根，就住在老凯劳威家（他们仍这么称呼这座房子）往下两个门牌的地方。那天晚上她的父母在主卧室里通马桶，她就从厨房后门溜了出来。她听说过太多关于那条狗的传言，再也按捺不住，她必须出去逗逗它。我父亲看到她的时候，她正朝着那团凶狠的黑影走去，手里拿着块面包，喊着：“来呀，狗狗。狗狗，过来。”

地狱犬踱着步，不敢相信自己的运气——它还没尝过小女孩的滋味呢！但是听说味道不错，反正比小男孩好吃，几乎可以和鸡仔媲美。

然而，它饕餮的快感被爱德华·布龙打断了。他把小女孩抱在了怀里，并把面包扔给那条狗。它无视面包，径直走过来。在平时，他对动物的神奇力量应该早就令这条狗俯首帖耳了，但这条巨大的黑色地狱犬却被激怒了。爱德华粗暴地挡在了它和美食之间。

那条狗怒气冲冲地向他们飞奔并跳了起来。布龙一只手抱着女孩，伸出另一只手掐住狗的脖子，然后把它撂在地上。狗吠叫一声，但又四脚着地站起来，发出恐怖的怒吼。它的脑袋以让人眩晕的速度飞快地左右晃荡着——有一刻看上去就像它有两个脑袋，龇着两副利齿，透过两对粉红的牙龈咆哮着。

这时，摩根夫妇已经发现小女儿不见了，他们朝着可怕的咆哮声跑来。他们赶到时正好看到狗发动第二次进攻——这次它差点儿咬到父亲的脖子，温热潮湿的气息一掠而过。这是这条狗的致命失误——高高跃在空中时它光秃秃的肚子暴露了，爱德华·布龙准确地将手扎进了狗的毛皮和身体，一把握住那硕大的、跳动强劲的心脏，并最终把它揪了出来。父亲紧紧地抱着那个女孩，让她枕在肩膀上，以免她看到这血淋淋的最后一幕。狗重重地栽倒在地时，父亲也把那颗心脏扔在了地上。他把小女孩交还到她的父母手中，继续在夜色中散步。

爱德华·布龙就此完成了他的三份工。

他走上战场

他不是将军，也不是上尉，什么长官都不是。他不是医生，不是诗人，不是愤青，不是情人，也不是话务员。但是他是个水手。他和成百上千的士兵一起，乘坐一艘无懈可击的战舰，穿过满是泡沫的大海。战舰名为“海精灵”。这艘战舰和他的故乡一样大——甚至更大；当然，“海精灵”上的船员也比阿什兰境内居住的人口多。而他与家乡已有千里之隔。离开家乡以后，他已经取得了许多了不起的成就，现在他要去做一件最了不起的事——保卫自由世界。他有一种奇怪的感觉，好像世界压在他的肩膀上。虽然他只是个水手，连一个奖章都没有，没有任何功勋，然而所有的荣誉都取决于他洞察一切的能力。作为这支队伍的一员真不错，在这样一艘无懈可击的船上，穿梭于蓝色暗海中，被水团团包围着，目及之处都是地平线。这让他想着水的另一边躺着更伟大的世界，还有那个世界为他奉上的无限可能。被水包围着让他觉得安全而平静。

他正这么想着，一颗鱼雷击穿船身。船就像搁浅了一样，爱德华在甲板上被甩出四英尺远。船身开始倾斜。

“全体船员在甲板集合！”扩音器轰响着，“救生衣充气！”

父亲有些震惊，想着这不应该发生。他找到救生衣，把一端系在脖子上，另一端系在腰间。他愤懑地看看周围，这不应该发生，但是他远没有惊慌失措。周围也没有人惊慌失措，每个人都冷静得不可思议，仿佛这是一场演习。但是“海精灵”确实是朝左舷倾斜着。

然后船长的声音从扩音器中传出来：“全体船员在甲板集合。准备弃船。”

仍然没有警报，没有慌张。信号桥楼甲板上的人都在向通往后甲板的升降梯移动，没有推搡。爱德华对着他的朋友们微笑，朋友们也向他微笑，尽管他们的船正在下沉。

在甲板上，他看到了他所要面对的新现实。人们把船上的救生艇连同木片、救生衣、板凳以及其他所有能浮起来的东西都扔进大海，他们随即也跳下去。但是船身就像一连串的暗礁，许多人算错了距离，撞到了船的边沿，然后滑进海里。到处都是投海的人，几百个脑袋就像在水中上下漂荡的人体浮标。螺旋桨还在转，有些人就被吸进了旋转的叶片里。爱德华坐在船沿上，拿出他妻子寄来的最后一封信：“没有一天不在想你，我甚至祈祷。虽然刚刚开始，但感觉不错，希望能有所帮助。”他微笑，把信又叠起来，放回他的口袋。他脱下鞋和袜子，把两个袜子都卷成球状塞进鞋尖。他看到身边有人跳下船落到另一个人头上，然后两个人都消失了。我不能跳到别人头上，他想。于是他找了一块开阔的地方，但是下方的海面上漂浮着一层燃油。他也不想跳进燃油里，于是又找了半天，终于找到一片还没有被燃油污染的干净水域。

他假装相信自己能从船的这边直接跳进那片水里。

奇迹般地，他办到了！他从船的这边跳出二十英尺远，直接掉进那片水里，很快沉下去，没有浮上来。他悬浮在离水面三十或许四十英尺的地方，就像琥珀里的苍蝇。他能看见船向一边沉没，头顶上是其他水手同伴的腿，数以百计，就像一只巨大的在海里游泳的蜈蚣。他觉得他现在应该已经淹死了。但是他没有，实际上，他好像在呼吸，不是用嘴巴，而是用身体。他不明白为什么，但是他在呼吸。他想这是不是意味着他已经死了。

然而这时，在离船很远的地方，他看见一个年轻的女孩正在向他挥手。他记得，是很久以前认识的那个女孩，他一下就认出来了。她挥手让他游过去，微笑着，就好像她已经在那里等了他很长时间。他开始朝她游去。同一个女孩，如今长大了一些——像他一样，但还是同一个女孩。当他接近时她就游得更远一些，然后又挥手。他不知道他像这样在水下游了多长时间——一直朝她游着，但是一定比正常情况要长得多。他游着，直到一束阳光穿过包裹着燃油的海面，他抬头看见那里没有燃油，只有一片蔚蓝。然后他又低头寻找那个女孩——年轻女子，他更正自己——但是她已经消失了。他感到自己必须呼吸新鲜空气了，于是向漂着阳光的海面游去，突然间他的身体变得像气泡一样轻快。当他跃入这个光明世界的时候，发现自己离大家已经很远。他们踩着水，缓慢地在燃油中移动。但他们看见爱德华向他们挥着手——就像那个女孩向他挥手一样，这为他们树立了目标，甚至带来了希望。那些看见我父亲的人开始竭尽全力向他游来，几百个人迟缓地穿过燃油向他游来。但有些人没有，甚至有些看见他的人也没有动。这些人最终被沉入海底的“海精灵”吸了回去。即使离得那么远，爱德华也能感觉到船下沉的巨大力量把他往回拖。但是他没有回去，他回家了。

父亲之死：镜次三

事情是这样发生的。老医生本奈特，我们的家庭医生，从客房里走出来，轻轻地关上身后的门。老得不能再老的本奈特医生永远是我们生活的一部分，我出生的时候他就在了，那时候当地医委会就已经请他尽快退休了——他就有这么老。本奈特医生如今已经老得几乎做不了任何事情了。与其说他是在走路，不如说他是在拖步；与其说他是在呼吸，不如说他是在喘气。他似乎已经不能应付病人的绝症。本奈特医生离开我父亲躺了几个星期的客房时哭得太厉害，以致一时说不出话来，他耸着肩膀，用布满皱纹的老手捂住自己的眼睛。

终于，他能抬起头了。他喘了一口气，看上去就像个迷路的孩子，然后他对已经做好最坏打算的母亲和我说："我不……不明白到底怎么了，我已经搞不懂了。但是他看上去真的很糟。你们最好自己去看看。”

母亲看着我。我看到她认命的眼神，这眼神告诉我她准备接受那扇门内等待她的一切——不管多悲惨或多可怕，她准备好了。她握着我的手，紧紧地握着，然后站起身，走了进去。本奈特医生倒在我父亲的椅子上，消沉得似乎已经没了坚持下去的意志。有一瞬间我甚至以为他死了。有一瞬间我以为死神来了，经过我父亲身边，然后决定带走这个人而不是我父亲。但事实不是这样的，死神是冲着我父亲来的。本奈特医生睁开他的眼睛，茫然地注视着前方，我能猜到他在想什么：爱德华·布龙！有谁会想到？属于世界的男人！进出口商人！我们都以为你会永远活下去，哪怕我们其他人都像落叶一般离去。如果只剩一个人能熬过眼前的严冬，坚强地活下去，那应该是你。他就像个神，我们就是这样看待我父亲的。尽管我们也见过早晨穿着平角短裤的他，以及晚上所有节目都放完后在电视机前睡着的他，张着嘴，蓝色的荧光裹着他熟睡的脸，我们还是相信他无论如何都是非凡的。他是一个神，一个笑神，一个一定要用“曾经有个人”作为开场白的神——或许有一部分是神，一位人类女性和某位下凡的神明所产生的结晶，来给人间带来更多欢笑。人们在欢笑的启发下，从我父亲那里买东西来让他们的生活更美好，这样他自己的生活也更美好；从而，所有人的生活都变得更美好。他很有趣，他还很能赚钱，还有什么比这更好的？他甚至嘲笑死亡，嘲笑我的眼泪。现在我就能听见他的笑声。

母亲从房中走出来，摇着头。“不可救药，”她说，“完完全全地不可救药。”

她也在哭，但那不是悲恸或者哀伤的眼泪，那样的眼泪早就流干了，这是受挫的眼泪。她孤独地活着，而父亲正躺在客房里死去，而且死得不正常。我看着她，用眼神问她：我能进去吗？她耸了耸肩，仿佛在说：你决定吧，如果想进去就进去。她看上去就像忍不住要笑出来一样，如果她不是已经在哭的话，对一张脸来说这是很让人困惑的表情。

本奈特医生看上去已经在父亲的椅子上睡着了。

我站起身，走向半掩着的门并朝里望。父亲正坐着，一堆枕头支撑着他，他纹丝不动且眼神空洞，仿佛被按下了暂停键，等待有人或有什么东西来将他重新启动。我就是这个人。他看到我，然后笑了。

“进来，威廉。”他说。

“你看上去气色好多了。”我说着坐在他床头的椅子上。过去几星期里我天天坐这把椅子，在我父亲通向生命尽头的旅程中，这把椅子就是我的观察站。

“我感觉好多了，”他点着头，深吸了一口气以做证，“我想我好多了。”

但是只是今天，只是今天的这一刻。对我的父亲来说，已经没有转机了，连奇迹都无法让他好转，除非宙斯亲自写一张假条，并且复印多份，以交到每一个负责带走父亲萎缩的身体和灵魂的神明手上。

他已经死了那么一点儿，我想，如果有这种可能的话。发生的这种变异若非亲眼所见我也无法相信。起初，他的胳膊和腿上生了疮。医生对它们进行了治疗，但是无甚疗效。然后它们自行愈合了，但是不是我们希望或者预期的那样。疮疤上长出的不是原先那样柔软洁白布满玉米穗般黑色长毛的皮肤，他的皮肤变得坚硬而闪亮——真的，几乎像鳞片一样，就像又长了一层皮。看着他并不那么难受，直到离开那个房间，看到放在壁炉架上的照片——六七年前在加利福尼亚的海滩上拍的。在这张照片上你看到的是人，而现在他已经不是同一个人了，完全变成了另外一个物种。

“不太好，其实。”他更正自己，“我想不应该说‘好’，但是比以前好多了。”

“我只是想知道是什么让本奈特医生那么烦恼，”我说，“他出来时好像真的很担心。”

父亲点点头。“老实说，”他悄悄地说，“我想是因为我的笑话。”

“你的笑话？”

“我的那些关于医生的笑话。我想他听够了。”

于是父亲开始背诵他那些老掉牙的无聊笑话：

医生，医生！我只能活五十九秒了。坚持一下，我一分钟后就来。

医生，医生！我总是觉得我是一对窗帘。来吧，振作一点儿，拉一拉。

医生，医生！我姐姐以为她自己在坐电梯。让她进来。我办不到，她这层不停。

医生，医生！我觉得自己像个山羊。那就别咩咩叫了。

医生，医生！我觉得我变小了。耐心一点儿，我的小病人。

“我有几百万个这样的笑话。”他自豪地说。

“我打赌你一定有。”

“每次他进来时我都会给他说上两个。但是……我想他已经听够了。他不怎么有幽默感，”他说，“大多数医生都没有。”

“或许他只是希望你能坦诚地面对他。”我说。

“坦诚？”

“以诚相待。”我说，“就做个正常的普通人，告诉他你哪儿不舒服、哪里疼。”

“啊，”我父亲说，“就像那个笑话一样，‘医生，医生！我快死了，请给我治病吧。’是吗？”

“是的，”我说，“差不多。但是——”

“但是我们都知道，我得的病是治不好的。”他的微笑渐渐消失，他的身子沉进被窝，又呈现出老年人的脆弱，“我想起了1933年的那场大瘟疫。没人知道那是什么，从何而来。前一天一切都好好的，但是第二天，连阿什兰最强壮的人也死了——吃早饭的时候死的。尸体很快就僵硬了，就僵在厨房的餐桌上，勺子举在半空。他之后，一小时之内死了十几个人。但我是免疫的。我就看着我的邻居们摔倒在地板上，他们的身体就像突然间不可挽回地被抽空了，就像——”

“爸爸，”我喊了好几声，当他终于停下来时，我握住他消瘦而脆弱的手，“别再讲故事了好吗？别再讲那些愚蠢的笑话了。”

“很愚蠢吗？”

“我是一片好意。”

“谢谢你哦。”

“就一会儿，”我说，“我们谈谈，好吗？男人和男人，父亲和儿子，不讲故事。”

“故事？你以为我在讲故事？你不会相信我爸爸给我讲的那些故事。你以为我在给你讲故事，我小时候听过‘故事’。他会在大半夜叫我起床给我讲故事。太可怕了。”

“但是连这些都是故事呀，爸爸。我一点儿都不相信。”

“你不需要去‘相信’它，”他颇感无趣地说，“你只要去信仰它。就像——就像个隐喻。”

“我忘了，”我说，“隐喻是什么？”

“反正不是牛就是羊。”他向被窝里缩了那么一点儿。

“你看，”我说，“你甚至连严肃的时候都不忘开玩笑。这很让人失望，爸爸。你把我拒之门外，就像——就像你害怕我还是怎么的。”

“害怕你？”他转着眼珠子说，“我快死了，我会怕你？”

“害怕靠近我。”

他接受了。我的老爷子转开视线，回忆起他的过去。

“这肯定和我的父亲有关系。”他说，“我父亲是个酒鬼，我从没告诉过你，是吗？他是个酒鬼，最糟糕的那种。有时候他醉得都不能自己买酒喝。他有段时间一直让我去买，但是后来我不干了，不愿意干了。最后，他叫他的狗‘杜松子’去买，让它带着空酒桶去街角的酒馆，然后装满啤酒回来；他在狗的项圈里塞上一美元纸币来付账。有一天他一张一美元的钱都没有，只有一张五美元的，他就把五美元塞进了它的项圈里。

“狗没有回来。虽然醉成那样，我父亲还是跑去了酒馆里，却看见那条狗坐在凳子上，喝着双份马爹利。

“我父亲又生气又伤心。

“‘你以前从来没有做过这种事。’我父亲对‘杜松子’说。

“‘我以前从没那么多钱。’‘杜松子’说。”

然后他看着我，毫无悔意。

“你做不到，是吗？”我提高嗓门，咬牙切齿。

“我当然做得到。”他说。

“好呀，”我说，“来吧，跟我说说。跟我说说你的家乡。”

“阿什兰。”他舔舔嘴唇。

“阿什兰。那儿什么样？”

“小，”他神情恍惚，“小极了。”

“多小？”

“太小了。”他说，“你只要插上个电动剃须刀，路灯就会变暗。”

“头开得不好。”我说。

“那里的人贱兮兮的，”他说，“他们吃豆子就为了洗泡泡浴能省点钱。”

“我爱你，爸爸，”我凑近他说，“你不该这样对我。你让我太难受了，帮帮我。来吧，你小时候什么样子？”

“我是个胖小子，”他说，“都没人和我玩。我胖得只能捉，没法藏，就有那么胖。”他接着说，“太胖了，我得分两次才能离开房子。”他没有笑，因为他不是想开玩笑，他只是做他自己，不这样他做不到。一层伪装下面是另一层伪装，一层又一层，再下面才是那痛楚黑暗的东西——他的生命，我们彼此都无法理解的东西。

我只能说："最后一次机会，我再给你最后一次机会。不行我就离开。我走了就不知道还会不会回来，我再也不做你的捧哏了。"

于是他对我说，我的父亲，这个在我面前渐渐死去的父亲，虽然就他的状况而言他今天看上去不错，他说："你今天不对劲，儿子。进步不小呀。"他尽力模仿着喜剧演员格鲁乔，眨眨眼睛以防万一——这很冒险——我相信他是认真的。

我居然真的相信他是认真的，这就是问题所在。我站起身要走，但是他一把抓住了我的手腕，用我以为他已经不再拥有的力量拉住我。我看着他。

"我知道我什么时候会死，"他深深地望着我的眼睛，"我以前就预见过。我知道它在什么时候、以什么样的方式发生，但不是今天，别担心。"

他完全是认真的，我相信他，我真的相信他。他知道。我脑海中的思绪千丝万缕，但我什么也说不出口。我们的眼神就这么锁在一起，我充满好奇。他知道。

"你是怎么——为什么——"

"我一直都知道，"他声音微弱，"我一直有这种力量能看见。我打小就有这种能力。我小时候做过一些梦，然后尖叫着醒来。第一天晚上我父亲进我的房间来问我发生了什么事，我告诉他我梦见我的斯塔希姨妈死了。他向我保证斯塔希姨妈平安无事，让我继续睡觉。

“但是第二天她死了。

“一周左右之后，同样的事情发生了。另一个梦，我尖叫着醒来。他又来到我房间问我发生了什么事，我告诉他我梦见爷爷死了。他又对我说——虽然声音可能有些颤抖——爷爷没事，我又继续睡觉。

“第二天，当然，爷爷死了。

“又过了几周，我没有再做梦。然后我又做了个梦，父亲来问我我梦见了什么，我告诉他，我梦见我父亲死了。他当然向我保证他没事，别多想，但是我知道他乱了套，我听见他整晚在房间里踱步，第二天他完全心不在焉，总是东张西望，好像有什么东西会掉到他头上。他很早就进城去了，去了很久，回来时看上去很糟糕，仿佛等那把要掉下来的斧子等了一整天。

“‘老天爷呀。’他看见我母亲并对她说，‘这是我这辈子最糟糕的一天！’

“‘你以为就你倒霉呀，’她说，‘送牛奶的今天摔死在门廊上了！’”

我“嘭”地关上房门走了出去，希望他马上心肌梗死，死得快些，这样我们就一了百了了。毕竟我早就开始哀悼了。

“喂！”我听见他隔着门喊我，“你的幽默感哪儿去了？哪怕你没有幽默感，你的同情心呢？回来！”他喊我，“饶了我吧，儿子，拜托！我快死了！”

我出生的那天

我出生的那天，爱德华·布龙正用揣在衬衣口袋里的半导体收音机收听一场橄榄球赛，还刈着草坪抽着香烟。那是个潮湿的夏天，草长得很高，但是那天太阳洒在我父亲身上，洒在父亲的院子里，带着强烈的热度让人回忆起太阳更热烈的过去——那时候世界上的任何东西似乎都要比现在更热烈、更庞大、更出色或者更单纯一些，就像这个太阳一样。他的肩头红得像苹果，但是他毫不在意，因为他在收听今年最重要的比赛，参赛的是他的校队——奥本队，以及他们的死对头——亚拉巴马队。这场比赛亚拉巴马队几乎是赢定了。

我母亲的身影会时不时闪过他的脑际，她在屋子里，看着一张电费账单。

屋里像冰柜一样冷，但是她还是满头大汗。她坐在厨房的桌子前看着那张电费账单，感觉到我在催促她，我已经就位了。

马上，她想，迅速吸了口气，但是她没有站起来，甚至都没有把视线从电费账单上挪开。她只是想着这个词：马上。

外面，他刈着草，奥本队的情况不妙——从来没好过，每次都一样：你去看这场比赛，满以为今年会是他们获胜的一年，一定会的，但是最后，从来没有。

快到中场了，奥本队已经落后十分。

我出生的那天，父亲刈完了前院的草坪，开始刈后院的。他重新振作了精神——下半场奥本队发起进攻，第一次拿球就取得一次达阵得分。现在只落后三分了，任何情况都可能发生。

亚拉巴马队也同样飞快地得分，接着，他们捡漏，射门得分。

母亲把电费账单平放在桌子上，用手碾压着，似乎想把褶皱压平。她当时还不知道，我父亲的所有努力和忍耐都将在不久后得到丰厚的回报，她将再也不需要为电费账单担心。而现在，整个世界、整个太阳系，似乎都围绕着这张 42.27 美元的账单旋转。但是她必须让屋子凉快一点儿，她承受着所有的重量。她本来是个苗条的女人，而现在怀着我的她像一幢房子那么大，她需要凉快一点儿。

她听见我父亲在后院刈草。她瞪大眼睛——我要来了。就现在。我就要来了。

奥本队发动反攻。

时间一分一秒地过去，她平静地收拾去医院的东西。奥本队拿球，但是只剩几秒钟了，是射门的时候了。

我出生的那天，父亲停下割草机，听着收音机里讲解员的话，在后院站成一尊雕像。一半草坪已经刈完，一半还没有。他知道他们要输了。

我出生的那天，世界变得渺小而充满欢乐。

母亲大叫，父亲大叫。

我出生的那天，他们赢了。

他眼中的我

起初我很不起眼——小不拉叽、粉不溜秋的，手无缚鸡之力，百无一用，连翻个身都做不到。我父亲还是个小婴儿、小孩子、男孩的时候给这个世界带来的远比我多。时代不同了，那个时代对每个人的要求都要更高一点儿，哪怕是婴儿也得恪尽职守。

但是作为一个婴儿，我并不了解那个艰难的时代。我在一所真正的医院降生，受最好的医疗条件照顾，母亲能用上各种各样的药品，我就是不明白出生在过去是怎么样的。不过这不影响爱德华爱我。真的。他一直想要个男孩，而我来了。当然，他对我的到来期望更高一些，一道无声的光芒，一片光辉，甚至来个光环——那种神秘的圆满感，但是这些都没有。我只是个小毛头，像其他婴儿一样。当然，有一点不一样，我属于他，这让我与众不同。我没完没了地哭、没完没了地睡，仅此而已。我的节目少得可怜。虽然我坐在父亲的大腿上仰视他时也会有那么片刻平和的清澈的愉悦，我的眼睛闪烁着，仿佛他就是个神——其实他就是个神，至少是神一样的存在，是他创造了这个生命，是他种下了这神奇的种子——那种时候他能看出我有多聪明、多机灵，他能预见我在这个世上的潜质和无数的可能。

但我又会开始哭，或者我的尿布又要换了，他就不得不把我交给母亲。她搞定所有这些事并且哺育我，而爱德华只能不知所措地坐在椅子上看着。他突然就厌烦了，这吵闹、这无眠的夜、这气味都让他备感折磨。他也厌烦了他疲惫的妻子。所以有时候他会怀念过去的生活——自由，有可以思考的时间，但这又让他与其他男人有什么不同呢？男人和女人不同，女人生来就为了持家，这是她们该关心的事，而男人就该走出家门去工作。这是理所当然的事，从狩猎采集的远古时代一直到今天都是这样。男人就是这么被分裂的，他们必须扮演两个人，家里一个外面一个，而女人就只有一个角色。

开始的几周里他对待“父亲”这份工作很认真。每个人都注意到：爱德华变了。他更细心、更深沉、更睿智了。当母亲操持着夜以继日的琐事时，他做着更长远的打算——他列了张单子，上面写着他具备的并希望我继承的美德：

毅力

志向

个性

乐观

力量

智慧

想象力

他把这些写在纸袋的背面。这些是他必须自己发掘的美德，而现在他可以和我一起分享，完全免费。他突然发现这其中伟大的契机——我空手而来其实是福气。看着我的眼睛，他看到一片无垠的空旷等待着被填满。这就是他的工作，作为父亲的工作：将我填满。他在周末完成这项工作，平时他不常在家，因为他都在路上，销售，追逐金钱——工作。举办课程也是工作之一。有没有那种男人不用奔波、不用拍拍灰尘上路、不用住旅馆、不用吃过期罐头就能丰衣足食的工作呢？很可能有，但是那样的工作不适合他。一想到每天同一时间回家就让他有点儿恶心，不管他有多爱他的妻子和儿子，他只能承受这种程度的爱。一个人待着或许寂寞，但有时候被一群对他不断有所求的人围绕着，寂寞有过之而无不及。他得休息休息。

回家让他感到陌生，一切都变了。妻子重新布置起居室，买了新衣服，交了新朋友，读了些古怪的书，那些书就厚颜无耻地堆在她的床头。而我长得太快，他的妻子无法看清这种变化，可是他能。回家让他看到了这不可思议的成长，相形之下，他觉得自己十分渺小。某种程度上，我在长大，他在萎缩。照这个逻辑，有一天我会长成巨人，而爱德华会在这世界上消失，无法用肉眼看见。

但是在这些可能发生之前、在他消失之前，他是个父亲，他做了那些父亲该做的事。他和我玩接球游戏，给我买了辆自行车。他打包了午餐，带我去那座山上野餐，在那里能眺望整个镇子——这个希望无限的城市，在那里能看到他第一次做某件事的地方——他在那边做成了第一个买卖，在那边吻了那个漂亮女人，以及他短暂一生的所有胜利和荣耀。这就是他去那儿看到的东西，不是高楼大厦或是城市天际线，不是树林或是那个正在修建侧楼的医院，都不是，是他的故事。他成年后的故事在他面前如风景般展开，他会带我去那儿，并把我举起来，这样我就能看到，然后他会说："儿子啊，有一天，这些都会是你的。"

他救了我的命

在我印象里，爱德华·布龙救过我两次。

第一次是我五岁的时候，我在我家屋后的小水沟里玩。父亲总是对我说："离水沟远点儿，威廉。"他一次一次地告诫我，就像他知道要发生什么一样，就像他知道有一天他会不得不救我一命。可对我来说那不是水沟，那是远古时期就半干涸的河床，装满了史前的石头，它们日复一日地被河水冲刷得又平又滑。现在那里仅有的水是一股潺潺的几乎可以忽略的小溪，连一根小木棍都漂不起来。

我就在那儿玩。我常常在爸爸对我说"离水沟远点儿，威廉"的几分钟后，滑下红土岸堤，那时候我眼里的自己，一个人站在两片红墙之间，已经强大到足以无视这个命令。在我的藏身之处，我蹲下身，一块一块地翻着石头，把最好的揣进口袋——那些白色的，还有那些亮黑色带白点的石头。但那天我太专注，以致没有发现向我涌来的水墙——把我卷起来带走似乎是它的任务。我既没有看见也没有听见，我背对它蹲着，看着那些石头。如果不是我那未卜先知的父亲，我早已经随波而去了。但是他出现了，他揪住我的衬衣下摆一把把我从水沟里拎了出来，放到岸边。在岸上我们看到一条河从原来没有河的地方流过，冒着泡的浪尖就溅在我们的脚趾上。

最后，他看着我。“我告诉过你离那水沟远点儿。”他说。

“什么水沟？”我说。

父亲第二次救我的时候我们刚刚搬到梅菲路上的一幢新房子里。之前的住户留下一架秋千，搬家工人把我们的旧沙发和餐桌往里运的时候，我就盯上了这个宝贝，想看看它到底能飞多高。我铆足了力气荡起秋千，使劲让它摇起来。不幸的是，之前的住户并没丢下这座秋千不管，他们只是还没有拿走。他们已经松掉了把秋千架子固定在水泥地上的螺栓，所以当我越飞越高的时候，实际上我是把整个秋千的分量都带了起来，等我到了弧线的最高点，秋千架就向前倒去，把我从秋千上甩了出去　　朝着　排白色带尖的篱笆甩出了一条不可思议的抛物线，我一定会被扎透的。突然我感到父亲就在身边，仿佛他也在飞行一样。我们一起下坠，他的胳膊像斗篷一样兜住我，我就这样落在他身边的地上。他把我从去天堂的路上拽了回来并平安地放回地面上。

不朽

父亲很早就给我一种感觉：他会长生不老。

有一天他从屋顶上掉了下来。清洁工已经打扫过排水沟里的落叶，但是活儿还没干完就回家了，留下梯子靠在房子边上。父亲从办公室回家，看见梯子就爬了上去，他想看看屋顶上风光如何。据他说，他很好奇是否能在自家的屋顶上望见自己的办公楼。

我当时九岁，已经知道什么是危险了。我叫他不要去，我说那很危险。他瞪着我看了半天，然后他眨眨眼，鬼知道是什么意思。

接着他就爬上了梯子。这可能是十年来他第一次爬梯子，但我只是猜测；也许他一直在爬梯子，只是我不知道。

爬上梯子后他站到烟囱旁边，转了几圈，看看南北、望望东西，想找到他的大楼。他穿着深色的西服和闪亮的黑色皮鞋站在上面，样子帅极了。他似乎终于找到了最适合展示自己的地方——两层楼高的屋顶上。他走着——踱着方步，在我头顶的屋檐上来来回回，一只手在额头上搭凉棚，就像船长在寻找陆地。但是他看不到，他的办公楼还是遥不可见。

突然，他掉了下来，而我就这么看着他掉了下来。我看着自己的父亲从房顶上掉了下来。这一切发生得太快，我不知道他是磕着绊着了还是滑下来的——他是自己跳下来的也未可知——反正他从两层楼高的房顶上掉了下来，摔在一丛灌木里。直到最后一刻我都在盼望着他能长出翅膀，但是他没有。没有翅膀，我就觉得这一摔一定要了他的命。我非常确定他已经死了，以至于我都没有飞奔过去看看有什么法子能救他，或者说，让他复活。

我走过去，慢慢地走到“尸体”跟前。他一动不动，没有呼吸。他脸上是那种从这个世界解脱了的人幸福沉睡着的表情，快乐的表情。我看着他，试图记住这张脸——我的父亲死去时的表情。这时候他的脸突然动了，他冲我眨眼，大笑，说道：“我吓着你了，对吧？”

最强大的力量

爱德华·布龙离开阿什兰的时候对自己发过誓，他一定要周游世界，这就是他总是在旅行并且从来不在一个地方驻足太久的原因。没有哪个大洲没有他的足迹，没有哪个国家他没去过，没有哪个大城市里没有他的朋友。他是个真正的世界公民。他在我的生活中伟岸地客串登场，时不时地救我一命，敦促我迈向我自己的成人世界。但他还是会被一种超越他本身的力量唤走，照他的话说，他是骑虎难下。

但他走的时候总是能先把我逗乐。他希望这样记住我，也希望我这样记住他。他所有强大的力量中，这可能是最不寻常的：任何时候，弹指之间，他就能让我捧腹。

有个男人——我们叫他罗杰——他必须离开小镇出差，于是只能把他的猫留给邻居照管。这个男人深爱他的猫——胜于一切，以至于离开的当天晚上他就给邻居打电话，询问猫咪宝贝的健康和情绪状况。他问他的邻居："我可爱的小宝贝猫咪怎么样了？请告诉我吧，邻居。"

邻居说："真抱歉，告诉您一个不幸的消息，罗杰，您的猫死了。它被一辆车碾死了。当场死亡。对不起。"

罗杰傻了，不仅是因为他的猫离世的消息——难道这还不够？——还因为他得知这个消息的方式。

于是他说："你不应该这么告诉别人如此可怕的消息！这样的事情发生时，你应该慢慢地告诉当事人，你要想办法先稳住他的情绪，你要让他们有个心理准备！比如说，我今晚给你打电话的时候你应该说，猫还在屋顶上，它不肯下来，它看上去病得很厉害。然后下次我打电话来你就说，猫从屋顶上掉了下来，现在它正在兽医院接受特护。然后，再下次我打电话来你再告诉我——你的声音应该有那么点儿颤抖——它死了。明白了吗？"

"明白了，"邻居说，"对不起。"

于是三天后罗杰又给他的邻居打电话，因为他的邻居还看着他的房子，替他收收信什么的，罗杰想知道有什么重大的事情发生。

邻居说："是的，其实，嗯。是有重大的事情发生。"

"怎么了？"罗杰问。

“那个，”邻居说，“是您的父亲。”

“我父亲？”罗杰大叫道，“我父亲！我父亲怎么了？”

“您的父亲，”邻居说，“在屋顶上……”

我的父亲在屋顶上——有时候我就希望这样记住他——他穿着挺括的深色西服和锃亮打滑的皮鞋，他左看右看，极目远眺，然后，他向下看，看到我，就在他要掉下来的一瞬间，他微笑、眨眼，整个下落的过程他都看着我。微笑着的、神秘的、虚幻的，一个未知数——我的父亲。

他做了个梦

我快要死去的父亲做了个梦，梦见他快要死了。同时，这也是个关于我的梦。

是这样的：我父亲病倒的消息不胫而走，前来致哀的人都聚集到院子里，开始只有几个人，但不久就来了许多，一打，两打，然后是五十个人，所有人都站在院子里，践踏着灌木丛，蹂躏着猴子草，下雨时在车库里挤作一堆。在我父亲的梦里，他们肩并着肩摇摆着、哀悼着，等待着康复的消息。他们站成一排，父亲经过浴室窗口的时候就会引起一阵疯狂而荣耀的欢呼。母亲和我从客厅的窗口张望着，不知所措。有些致哀者看起来很穷，他们老迈而衣衫褴褛，毛发让他们的脸色幽暗，他们让母亲感到不安，他们悲伤地注视着二楼的窗户，母亲望着他们，用手指拨弄着她衬衣上的纽扣。

而另外一些人则像是放下了很重要的工作来向父亲致哀的，他们摘下了领带塞进口袋里，漂亮的黑皮鞋边缘都蹭上了泥，他们有些人带着手机，用来联系那些不能到场的人。男男女女、老老少少，所有人都同样仰着头看着我父亲窗户里的灯光，等待着。很长时间什么都没有发生。我是说，这就是我们的生活，那些人就这么站在外面的院子里。但是外面的人越来越多，几个星期以后，母亲让我去请他们离开。

我去了。但到这时候，他们已经顽固不化。在木兰树下搭起了简陋的自助餐台，供应面包、红辣椒和清蒸西蓝花，他们不断地叨扰我母亲，要叉子和勺子。而餐具被还回来时上面沾着已经冷掉的辣椒酱，洗都洗不干净。我曾经和一些邻居家的孩子玩触式橄榄球的那块公共小草坪上搭起了一片帐篷城，据说有个孩子在那里出生。有个带手机的生意人在一个树桩上建起了小型通信中心，如果人们想要给远方的亲人发消息，或者想知道我父亲有什么新情况，就去他那儿。

在这一切的中央，一个长者坐在一张草地椅上，掌控着一切。我以前从来没有见过他（至少在我父亲的梦里是这样），但是他看上去很眼熟——一个陌生人，但对我来说并不陌生。时不时有人到他跟前，凑近他的耳朵说些什么。他若有所思地听着，沉思片刻，然后不是点头就是摇头。他留着浓密的白胡子，戴着眼镜，还戴着一顶渔帽，上面钩着一些手工鱼饵。既然他看上去像个领导，我决定先和他谈。

我走近时有人在他耳边说了些什么，我刚要开口他就举起了手让我住口。那个人说完后，他摇摇头，信使就匆匆走开了。然后长者放下手，看着我。

“你好，”我说，“我是——”

“我知道你是谁。”他的声音柔和又深沉、温暖又悠远，“你是他的儿子。”

“对。”我说。

我们看着彼此，我试图想起他的名字——我们一定在哪里见过，但是一时想不起来。

“你要告诉我们什么吗？”他全神贯注地看着我，几乎要用目光将我捕获。他是个最让人难忘的人，父亲曾告诉我。

“没什么。”我说，“我是说，他还是老样子，我想。”

“老样子。”那人掂量着每个字的分量，似乎想挖掘出什么特殊的含义，“那么，他还在游泳？”

“是的，”我说，“每天。他真的很喜欢。”

“这就好。”他突然提高嗓门嚷嚷道，“他还在游泳！”人群一片欢呼雀跃，那人的脸上神采奕奕。他用鼻子深深地透了会儿气，似乎斟酌着什么。然后他又看着我：“你来是有什么别的话要说，是吗？”

“是的。”我说，“我知道你们是好意，而且你们看上去都很善良，但我恐怕——”

“我们得离开，”那人平静地说，“你想让我们走。”

“是的，”我说，“恐怕是这样。”

长者明白了，他微微点点头，似乎被这个消息打动。这是我父亲在梦里看到的一幕，他说仿佛他在远远地观望，仿佛他已经死了。

“很难就这么……”长者说，“离开。这些人——他们真的很担心，离开这儿他们会迷失的。当然不会太久，总是会柳暗花明，但是短期内很难。你母亲——”

“这让她很紧张。”我说，“这么多人没日没夜地聚在院子里，你明白的。”

“当然。”他说，“而且还乱糟糟的，我们几乎把前院全毁了。”

“是这样的。”

“别担心，”他说，语气让我信服，“我们会让它们物归原样。”

“她会很高兴的。”

一个女人跑过来，用手抓住我的衬衣擦脸颊上的泪痕，仿佛要证明我的存在。

“威廉·布龙？”她恳切地看着我，她是个小女人，有着细细的手腕，“你是威廉·布龙，是吗？”

“是的，我就是。”我说着后退了一两步，但是她还黏着我。

“把这个给你父亲。”她说，往我手里塞了个袖珍真丝枕头。

“小枕头里装着救命草药，”她说，“我亲手做的。可能有用。”

“谢谢，”我说，“我会交给他的。”

“他救过我的命，你知道吗？”她说，“有场大火，他冒着生命危险救了我，我才——我才能待在这儿。”

“待不了多久了，”长者说，“他要我们离开。”

“爱德华？”她说，“爱德华·布龙要我们离开？”

“不是，”他说，“是他的妻子和儿子。”

她点了点头。“就像你说的那样，”她说，“他的儿子会来叫我们离开。就像你说的那样。”

“我母亲让我来，”我说，为这神秘的谈话和狡猾的影射而感到尴尬，“我并不喜欢这样。”

突然传来一阵惊呼声，所有人都望向二楼的窗户。在梦里，父亲站在那儿向大家挥手，他穿着黄色的浴袍，冲他们微笑，不时辨认出人群中的某张脸并把他指出来，扬起他的眉毛，摆出一两句话的口型——你好吗？看到你真好！——然后又转向下一个人。每个人都在挥手、叫喊、欢呼，然后就像一场非常简短的见面会，他最后挥了挥手，转身，消失在半黑的房间里。

“好吧，”长者喜气洋洋地说，“了不起不是吗？他看起来挺好，他看起来非常好。”

“你们把他照顾得很好。”有个女人说。

“继续努力！”

“我的一切都是你父亲给的！”有人从木兰树下对我喊道。

接着就是一片杂音，七嘴八舌，说着爱德华·布龙的故事和他的善举。我感觉我被语言包围了——我身边形成了一道音障，人们全都同时说着话，直到长者举起手让他们停下。

“看，”长者说，“我们都有故事，就像你一样。他感动过我们，帮助过我们，给我们工作，借给我们钱，对我们倾囊相助。许多故事，大大小小，加在一起，用一生的时间累加在一起。这就是为什么我们来这儿，威廉。我们是他的一部分，正如他是我们的一部分。你还不明白，是吗？”

我不明白，但是我注视着那人，他也注视着我，在我父亲的梦里。我记起我们在哪儿见过。

“我父亲为你做了些什么？”我问他。

长者笑了起来。“他逗我笑了。”他说。

我明白了。在梦里，我父亲告诉我，我明白了。就这样，我穿过院子，穿过走廊，回到家的温暖光环中。

“大象为什么有长鼻子？”我听见长者用他有力而低沉的嗓了喊着，就在我关上门的时候，“因为它腾不出手来。”

我跟着他默念。

紧接着传来一阵欢笑声。

这就是我临死的父亲的死亡之梦的结局。

第三部

他买下一座城镇，不仅如此

下一个故事就像一团从过去的迷雾中升起的阴影。

努力、运气，再加上一系列精明的投资，父亲靠这些成为有钱人。我们搬进更美的街道上更大的房子，母亲留在家里抚养我，伴随我成长，父亲总是一如既往地努力工作。他有时一走就是一周，总是又疲惫又沮丧地回家，除了他想我们外无话可说。

就这样，尽管他非常成功却没有人感到幸福——母亲不幸福，我也不，更不用说父亲了。我父母甚至谈到过完全解散这个家庭，它实在不像一个家。但是这一切都没发生，机会总是乔装而来，他们决定一起共渡难关。

就在那段时间，20 世纪 70 年代中期，父亲开始把钱花在莫名其妙的地方。有天他意识到自己生命中少了点什么，或者应该说，这种感觉随着他年龄的增长与日俱增——他那时刚过不惑之年。直到有一天，非常意外地，他发现自己被困在一个叫作“幽灵”的小镇里。幽灵，一个亚拉巴马州，或是密西西比州，或是佐治亚州的小镇。被困在那儿是因为他的汽车坏了，他找人把车拖进修理厂，在等待修理的间隙，他决定到处转转。

幽灵是个美丽的小镇，到处都是白色的小房子，枝繁叶茂的大树荫蔽着门廊和秋千；到处都是花房和花园。好看的主街之外，还有各种灰土、卵石和沥青马路，所有的路都很适宜行车。闲逛时父亲特别留意了那些马路，因为他喜欢慢慢地开着车观察事物——钻进汽车逛遍全国的马路、全世界的马路，把车行驶到法规允许的最慢速度。但法规，特别是关于限速的法规，也不是爱德华·布龙愿意遵守的东西。在城里开 20 迈对他来说太快了，高速公路简直是疯人院。这样的高速下还怎么欣赏世界？人们那么急切是要去哪儿？他们难道意识不到窗外已经有的一切？父亲记得还没有汽车的时候人们是走路的，他也走路。但是他还是喜欢引擎隆隆、车轮滚滚的感觉，生活的画面被框在四面八方的车窗里。

车就是我父亲的魔毯。不仅因为它能代步，还因为它能赏景。他开得如此之慢，从一个地方到另一个地方要花如此之长的时间，以至于他的几笔重要的生意都是在车上拍板的。那些和他会面的人也会遵守这个程序。他们在某一天确定他的方位，以他的驾驶速度，这一周他都会大致待在这附近。然后他们飞到最近的机场，租辆车，从那里沿路驱车，直到跟上他。他们会把车开到他的车旁，按喇叭挥手，我父亲就会慢慢回头——就像林肯那样慢慢回头，如果林肯开过车的话。在我的印象中——平静地铭刻在我脑海中的记忆里，父亲很像亚伯拉罕·林肯，胳膊细长，腰缠万贯，双眼乌黑。然后我父亲也挥手，靠边停车，要跟他说话的人从副驾驶座位那边上车，那人的副手或律师上后座。他们就这样一边继续沿着这美丽蜿蜒的路开下去，一边把生意谈成。谁知道呢？也许他在车上还有过风流韵事，和美丽的女人、著名影星一起缠绵，晚上他们支起一张小桌子，铺上白桌布，伴着烛光，他们吃喝，然后轻浮地为未来干杯……

父亲漫步在幽灵镇里时，恰好秋高气爽。他温和地对每样东西、每个人微笑，每样东西、每个人也都对他微笑。他背揣着手走着，友好的目光送进店面和走廊里，那时候他已经开始对阳光敏感，因此他眯起眼睛，但是这样恰恰让他显得更友善更细腻——他的确比任何人眼里的他更友善更细腻。他爱上了这座小镇，爱上了它的纯净简洁和朴实无华，爱上了那些问候他的人、卖给他可乐的人、在他经过时从凉爽的门廊上向他挥手微笑的人。

父亲决定买下这个小镇。幽灵镇有那种特殊的忧郁气质，他对自己说，这种气质不亚于水下生活，他欣赏这种气质。这其实是个悲伤的地方，自从铁路封断之后，或者是煤矿枯竭之后，幽灵镇就像被遗忘了一样，世界与它擦肩而过。虽然幽灵镇对这个世界已经毫无用处，但只要能成为世界的一部分就好——那种被认可的感觉。

这就是我父亲爱上的气质，这就是为什么他把这座小镇占为己有。

他做的第一件事情就是购买幽灵镇周围的所有土地，就像一种缓冲，以防其他有钱而又突然感到寂寞的男人踏入这个镇，造个穿越它的高速公路什么的。他甚至看都没看一眼那些土地，只知道那里是一片绿油油的松树林。他不想改变现状，实际上，他想要一个自我封闭的生态系统。他得到了。没人知道有个人正在购买成百上千片待售的小面积土地，就像没有人知道镇上所有的房子和商店都被买走了一样。接二连三的购买过程持续了五到六年的时间，没有任何人知道买家是谁，至少很长一段时间没人知道。有人搬迁，有公司倒闭，这些土地不难买到。那些希望留在原地的人都收到了一封信，信上说希望购买他们的地产以及所有建成的一切，以不菲的价格，但他们不需要离开、不需要付租金，也不需要改变任何东西——除了所有者的名字。

就这样，慢慢地但是坚定地，父亲买下了幽灵镇每平方英寸的土地。

我想他对整个转让过程一定相当满意。

因为正如他承诺的那样，什么都没有改变，除了我父亲——爱德华·布龙开始定期出现在小镇里。他不会预先通知——我不相信他知道自己会什么时候回去，但是有时候会有人看见他。他会形单影只地出现在田野里，或者双手深深插在口袋里漫步在第九大道上。他经过那些如今已经归他所有并时不时消费个一两美元，但还是由那些幽灵镇的人管理的小店时，会用他温柔如祖父的声音问他们："那个，现在生意如何？你的妻子、孩子都好吗？"

他显然太爱这个镇以及镇上所有的人，他们也爱他，因为人们不可能不爱我的父亲。当然，这是我的想象。

"挺好，布龙先生，一切都挺好，上个月生意不错。你要看看账本吗？"

但他会摇摇头，说："不用了，我知道你们一定把一切都打理好了，只是进来打个招呼。好吧，我现在要走了。再见，代我向你的妻子问好，好吗？"

当幽灵镇的高中生要和别的球队打棒球赛的时候，他会出现。他穿着套装的高大憔悴的身影独自站在看台上，用那种自豪而游离的姿态观看着比赛，就像他看着我成长的姿态一样。

每次去幽灵镇他都住在不同人的家里。没人知道会轮到谁，或者什么时候，但是他询问时总会有个房间是为他准备着的——他总是会先询问一下，如同这是对陌生人的恩惠。"请问，如果不是太麻烦的话……”他会和那家人一起吃饭，睡在那个房间，第二天告别上路。而且他总是自己铺床。

“我觉得布龙先生在这样热的天气里会想要一杯苏打水，”一天阿尔对他说，“让我请您喝一杯吧，布龙先生。”

“谢谢你，阿尔，”我父亲说，“这样太好了。来一杯苏打水就好。”

他坐在阿尔的乡村小店门口的长椅上，无所事事，只想在屋檐的荫庇下凉快凉快。阿尔的乡村小店——他为这个名字发笑，他的黑皮鞋尖杵在夏日的明媚阳光里。阿尔为他端来苏打水，另一个叫威利的人也在那儿，这个老头嚼着铅笔头，看着我父亲喝水。威利在幽灵镇当过好多年警长，然后成了牧师，牧师生涯结束之后他又开起了杂货铺。但是现在，坐在阿尔的乡村小店前与我父亲聊天的时候，他无所事事，他退休了，除了聊天什么都不干。

威利说：“布龙先生，我知道我以前说过。我知道我说过，但是我还想再说一遍——您对这个镇子做的一切实在太伟大了。”

父亲微笑：“我什么都没有做呀，威利。”

“就是这个！”威利说，接着大笑，“我们认为这很伟大。”

阿尔大笑，父亲也大笑。

“苏打水如何，布龙先生？”

“很清爽，”我父亲说，“相当清爽。阿尔，谢谢你。”

威利在镇子外一英里处有个农庄，这是我父亲买下的第一件一文不值的东西。

“我必须把威利的话再说一遍，”阿尔说，“不是每个人都会出于爱而买下整个小镇的。”

父亲几乎闭上了眼，他离不戴强效太阳镜就不能出门的日子不远了，他的眼睛对光线过于敏感。但是他还是能很优雅地接受这些赞美之辞。

“谢谢，阿尔。”他说，“我看到幽灵镇的时候，就知道我必须拥有它。除了这么说，我找不出任何其他原因。我想这和圆满有关——尽善尽美。对我这样的人来说只得到某样东西的一小部分是很难满足的，如果某样东西的一部分不错，那整个只会更好。就幽灵镇而言，就是这个样子，全都拥有——”

“但是您还没有……”威利说，仍在嚼他的铅笔头，他的目光从阿尔转向我父亲。

“威利。”阿尔说。

“怎么，这是事实啊！”他说，“是真的说出来就没错。”

父亲慢慢转向威利。我父亲有这种特殊的天赋：只要看着一个人就能知道那个人说话的动机是什么，他说的是不是实话，或者是不是别有用心。这是一种力量，也是他致富的原因之一。他能看出来威利觉得自己说的是真话。

“但是，这不可能呀，威利，”他说，“至少我认为这不可能。我已经到过镇上的每一寸土地，不管是步行还是开车，或是从空中俯瞰，我觉得我肯定已经都买下来了，完完整整，圆圆满满。”

“那就好，”威利说，“那我就不提路的尽头、湖的起点中间那片盖着个破窝棚的地方了，那正好是步行、开车、俯瞰都很难发现的地方，也没有出现在任何地图上。甭管住在那儿的人有一张您还没有签字的契约了，布龙先生，您和阿尔已经掌握了所有真相。我也不知道我在说什么，我很抱歉，你们知道的都比我多。”

威利很客气地告诉我父亲怎么去那儿，路是怎么似断未断的、湖是怎么似始未始的，人们想要发现那个奇怪的地方是多么困难。那是一片沼泽，一个破窝棚盖在沼泽上。于是父亲开车一直到路看似结束的地方，但是当他下车的时候，他很清楚地看到树藤后面还有路延续着，它只是被自然、被那些涨得太高泛过堤岸的湖水收复了。三英寸的沼泽里停滞的生物比整个海洋里的都多，在它的边缘，淤泥坚硬而温暖的地方，生命应运而生。父亲走进去，沼泽吞没了他的鞋。他继续走，水越涨越高，沼泥沾在他的裤子上。他在下沉，这感觉真好。

他继续走，昏暗的光线毫不影响他的视线。突然之间，他面前出现了一栋房子，他不敢相信这样的东西还能直立着，居然没有被这些柔软的泥土吞没。但是它就在眼前，不是一个破窝棚，而是一个真正的家，小但是建造精良，四壁完整，烟囱里冒着烟。他靠近时水退了，地面变得坚硬，出现了一条他可以沿着走的路。他思考着，微笑：多聪明生动呀，车到山前方有路。

房子的一边有个花园，另一边堆着和他一样高的木柴，一个凸窗里种着一排黄花。

他走到门口，敲敲门。“你好！”他喊道，“有人在家吗？”

“当然。”一个年轻女子的声音回答道。

“我能进来吗？”

声音停顿片刻，然后答道：“在墩布上把鞋擦干净。”

父亲照做了。他轻轻推开门站在那儿，周围的一切难以置信地整齐干净：在他见过的最黑最脏的泔水中间，他正盯着一个温暖、整洁、舒适的房间。他先看见火，但是很快挪开视线，他又看向壁炉架，那上面成对地摆放着一些蓝色的玻璃瓶，然后他又看看墙壁，墙几乎是光秃秃的。房间里还有一张小沙发，两把椅子和一块棕色的壁炉毯。

在通向另一个房间的过道里站着一个女孩。她长长的黑发在背后扎成辫子，一双恬静的蓝色眼睛，顶多二十岁。住在这样的沼泽里，他本以为她会灰头土脸，就像他现在这样，但是除了脖子上一条黑色的灰迹，她白色的肌肤和白色粗布衣服几乎一尘不染。

“爱德华·布龙，”她说，“你是爱德华·布龙，对吗？”

“是的，”他说，“你怎么知道？”

“猜的。”她说，“我是说，还会有谁？”

他点点头，说他很抱歉打扰她和她的家人，但他是来谈生意的，他想见见这房子以及这片土地的所有人——她的父亲或母亲。

她告诉他，他已经在和那个人说话了。

“很抱歉，你说什么？”

“我就是。”她说。

“你？”他说，“但是你还是个——”

“女人，”她说，“快了。”

“对不起，”我父亲说，“我不是那个意思——”

“生意，布龙先生，”她淡淡地微笑，“你说你是来做生意的。”

“哦，是的。”他说。

然后他把一切都告诉了她，他是如何来到幽灵镇，如何爱上这儿，如何一心想要完全拥有它。说这是他的先天缺陷也无妨，但他就是要完完整整地得到它，而这儿显然是他忽略了的地方。如果她不介意，他想从她这儿把地买下来，什么都不会改变，如果她愿意，她可以永远住在这儿，他的唯一愿望是拥有整座小镇。

她说：“现在我来厘清一下思路。你想从我这儿买走这片沼泽，但是我能留下来；你想拥有这幢房子，但是它还是我的。我能留在这儿，而你来去自由，就因为你有先天缺陷。我说得没错吧？”

他说没错，她这些话基本上说得没错。

她说：“那么我想不行，布龙先生。如果什么都不改变，我宁可连不改变的方式也一成不变。”

“你不明白，”他说，“实际上你一点儿损失都没有，每个人实际上都从中受益了。你没有看出来吗？你可以问问幽灵镇的每一个人，我除了提供好处之外什么都没做。从各方面来说，幽灵镇的人们都因为我的存在而获益。”

“那就让他们获益好了。”她说。

“这本是小事一桩，真的。我希望你能三思。”他几乎要发脾气了，或是伤心欲绝，“我只是为了大家好。”

“特别是为了您自己。”她说。

“为了大家，”他说，“包括我自己。”

她久久地望着我父亲，摇摇头，她的蓝眼睛恬静而坚定。“我没有亲人，布龙先生，他们很早就去世了。”她冷冷地望了他一眼，“我在这儿挺好，我懂事的——其实，我懂的事可能会让你吃惊。一大张支票不能为我改变什么，我就是不需要钱，我什么都不需要。布龙先生，我就喜欢现在这样。”

“小姑娘，”父亲难以置信地问，“你叫什么名字？”

“珍妮，”她说，口气比刚才要弱一些，“我叫珍妮·希尔。”

故事是这样发展的：起初他爱上了幽灵镇，现在他爱上了珍妮·希尔。

爱很奇怪，是什么让珍妮·希尔这样的女人突然认定我父亲就是她的男人？他对她做了什么？难道是那传说中的魅力，还是珍妮·希尔和爱德华·布龙是天作之合？我父亲等了四十年，珍妮·希尔等了二十年，难道就是为了找到这毕生的挚爱？

我不知道。

他把珍妮驮在他的肩膀上，他们离开沼泽，然后他们一起开车进了小镇。他开车往往开得很慢，人们可以紧赶几步追上他的车和他说话；至于今天，幽灵镇所有的人都在人行道上列起队来看他身边的人——可爱的珍妮·希尔。

自从父亲留在幽灵镇，他就在小镇公园附近保留了一幢装着黑色遮阳板的小白楼。它位于一条春天般美丽的大街上，门口有柔软的绿草地，一边是玫瑰花园，另一边是粮仓改建的车库。尖尖的白篱笆高处安着一只红色的木鸟，它的翅膀会随风翻卷。前门的门廊上放着一块草垫，上面织着一个“家”字。

但是他从来不住在这儿。自从他爱上幽灵镇，这五年来都没有在这镇上唯一没有其他人居住的这所房子里住过，直到他从沼泽里带来了珍妮。之前他总是和别人住在一起，但是现在，珍妮住进了这所离公园不远、门口长着柔软绿草地的小白楼，他和她住在一起。他不再于某个黄昏羞涩地敲响某家的门，给人们带来惊喜（“是布龙先生呀！”孩子们嚷嚷道，然后欢蹦乱跳地来到他面前，就像迎接失散多年的叔叔），现在他有了自己的去处。虽然刚开始有人会伤心，不言而喻的现状惹人质疑，但是很快人们就领悟到了和自己心爱的女人住在自己心爱的小镇里的明智。明智，这就是人们从第一天开始对我父亲的印象——他明智、善良而友好。如果他做了什么看起来古怪的事情——比如说跑到沼泽里去买地，却找到了一个女人——也只是因为其他人没有他明智、善良和友好。很快就没有人再揣测珍妮·希尔了，没有人心怀叵测，他们转而担心爱德华不在的时候她是怎么熬过来的——哪怕幽灵镇里最宽容的人都不得不承认，大部分时间他都不在。

他们会想：难道她不寂寞吗？她一个人都干些什么？诸如此类。

珍妮也参与小镇的生活。她帮助组织学校的事务，并且负责每年秋天在小镇集市中举行的阔步舞表演。在沼泽中住了这么久，对她而言保持草地鲜绿根本不成问题，花园在她的手中繁荣茂盛。但是有些夜晚邻居们能听见她从内心深处发出的哀号，似乎他也能听见，第二天或者第三天，他就会慢慢地开着车在小镇里出现，向每个人挥手，最后停在小楼门前的车道上，在那儿向他爱的女人挥手。

她或许就站在门廊里，在围裙上擦着手，像阳光般明媚的笑容挂在脸上，她轻轻地晃动着脑袋，然后轻轻说“嗨”，几乎就像他从来没有离开过一样。

事实上，不久后人们也会这样认为。自从他买了这个镇外沿的第一片土地以来，年复一年，他出现得越来越频繁。人们开始对这习以为常——他出现的第一天是惊喜的，第二天就是寻常的了。他拥有镇上的每一寸土地，并且亲自去过每一寸他的土地；他住过每一个人的家，光顾过每家商店的生意；他记得每个人的名字、每个人养的狗的名字，以及每个孩子的年龄和生日。当然，是那些由他伴随着长大的孩子先开始接受他的，就像他们接受所有自然现象、所有正常的事物一样，然后再感染到大人。他离开可能有一个月之久，然后有一天他突然来了。他的那辆老爷慢车——多壮观呀！“你好，爱德华！希望很快再见面，替我向珍妮问好，来店里转转。”就这样过了许多年。

他在那里出现变得如此寻常而可预见，实际上，与其说他就像从来没有离开过，不如说他就像从来没有到来过——对于这个奇迹小镇的每个人来说，从最小的男孩女孩到最老的老人，爱德华·布龙就像在那里土生土长的一样。

在幽灵镇，历史成了从来没有发生过的事——人们忘记和记住的都是错的东西，还有虚构的。虽然他们从来没有结婚，但珍妮成了他的小妻子，爱德华则是个常需要外出的生意人。人们喜欢想象他们的邂逅。许多年前他穿过小镇看见她——在哪里？和她的母亲在集市上？爱德华无法把视线从她那儿挪开，整天跟着她。或者是不是这个女人——这个小女孩？——那天要求以一个钢镚儿作为报酬为他洗车，从此就盯上了这个男人，并对每个愿意听的人说："他是我的，我二十岁那年他会娶我。"可以肯定的是，她二十岁那年，看见爱德华·布龙站在乡村小店的门廊里，和威尔拉德、威利以及其他人一起晃悠，虽然他们甚至还没有说过一句话，她所需要做的只是向他伸出手，而他接过她的手，然后他们一起离开。下次人们见到他们的时候，他们已经是夫妻了，并且正打算搬进公园旁边那座带花园的漂亮小房子里。又或许……

这些都无关紧要。故事一直在改变，所有的故事都是这样的。由于没有一个故事从开始就是真实的，镇上的人们回忆起来就都会带上特别的色彩。早上他们讲这件事的声音还是嘹亮的，晚上他们已经记着另一件从未发生过的事，一个足以和别人分享的故事，新的转折，每天加入新的谎言。一个炎热的夏日早晨，威尔拉德可能会说起那天——有谁能忘怀？——爱德华还是个十岁大的男孩，而那条河（现在已经消失了，干涸了，无迹可寻）涨得太高了，所有人都担心再有一滴雨落进疯狂的河里，幽灵镇就会不复存在。没人能忘记爱德华是怎样开始唱歌的。他的嗓子高亢而清丽，他边唱着歌边离开小镇，而雨就这么跟着他。没有一滴雨再落入河里，因为云跟着他走了。他诱开掉下来的雨水，太阳再次出现，直到雨下到田纳西州爱德华才回来，幽灵镇得救了。有谁能忘记？

“有哪个人比爱德华·布龙更善待动物？”有人会问，“如果真有这么个人，带来让我看看。因为我记得爱德华还是个十来岁的孩子的时候，他就非常善待动物，所有的动物……”

当然，爱德华并不是经常待在幽灵镇里，每月顶多一次，每次顶多待几天。虽然事实是他们富有的新地主在某个中午拖着坏了的汽车而来，那个中午之前他早已度过了生命的四十个春秋。镇上的人们一如既往地编造故事，但是现在让他们满足的不再是原来那个简单的钓鱼故事，而是爱德华·布龙其实从来没有在幽灵镇度过的前半辈子。我父亲的前半辈子吸引着他们，他们希望参与这生活，而这生活最终住进了他们的脑海——就像爱德华·布龙重新为他们创造了生活，所以他们也重新编造他的生活。

而他好像自己也觉得这是个非常不错的主意。

至少，他好像并不介意。

但那是另一个故事。在这个故事里珍妮是不幸的。这必然发生，不是吗？一个刚从沼泽中出来的女人，美丽——可以说是最美丽的女人，独守空闺这么久，她的青春就在这些黑暗的时光中度过。她爱爱德华·布龙——谁又能责怪她？没有人不爱他。但是他，爱德华，他有她心灵的钥匙，他离开时就把它带走了。

珍妮有些古怪，每个人都开始意识到了。她整日整夜地坐在窗前向外张望，人们经过时向她挥手，但是她视而不见。她的目光落在远方，她的眼睛闪烁着，目不转睛。这次爱德华离开了很久，比以前都要久。当然，每个人都想念他，但珍妮最想念他，这导致了奇怪的事情发生。

应该有人在爱德华把珍妮带来的时候提醒他，她与众不同。但好像没有人认识珍妮·希尔或她的家人。没有人。她在沼泽里生活了二十年，怎么可能一个人都不认识她？怎么可能？

不可能。但没有人提醒爱德华，因为这样做好像不对。

他很快乐，而那时候她看起来是个很好的年轻女子，事实上她也是。

但是一切都变了。看到珍妮·希尔冷漠固执地待在窗框里，没人会觉得她好。他们想，这是个没好气的女人。她的眼睛闪烁着，真真切切。人们发誓在晚上经过房子时，能看见昏暗的黄光在窗户里闪烁——一对黄光，是她的眼睛在她的脸上闪烁。这很吓人。

当然，花园被冷落在一边成了地狱。杂草和藤蔓包围了玫瑰花丛，并最终夺去它们的生命。院子里的草生长着——自生自灭。有个邻居想帮她收拾院子，但是他敲门的时候，她没有应答。

然后一切发生得太快，人们都来不及反应，就被小白楼中散发出来的怨气迷醉了。只用了几天，藤蔓就从房子的一边长到另一边，最终把它整个包起来，直到根本无法辨认出那里有栋房子。

然后开始下雨，夜以继日地下。湖水上涨，水坝几乎决口，水在珍妮的房子周围的场地上聚了起来。开始是小池塘，但是小池塘很快汇聚在一起，扩张，最后将她整个包围起来。池塘边缘一直漫到大街上，并蔓延到了隔壁的房子。水蛇发现了这个大池塘并在那里繁衍，那些无法扎根在浅泥里的树木倒下了，乌龟在树上栖息，苔藓在树干上越长越密。人们从未见过的鸟类在珍妮家的烟囱上筑巢，夜晚人们会听见奇怪的动物叫声从那个深远漆黑的地方传出来，这些声音让镇上所有的人都在被窝里不寒而栗。

沼泽在某一刻停止生长，而整个房子已经完全被包围在漆黑泥泞、长满青苔的深水里。终于，父亲回来了，看到了发生的一切，但是此刻沼泽太深，房子遥不可及，虽然他能看见她在那里闪烁，但是他无法靠近她，于是他不得不回到我们身边。游荡的英雄回来了，他总是会回到我们身边。但每当他出门做生意，他就去那儿，那儿还是他每次会去的地方，他呼唤她但是她不说话。他再也得不到她，这就是为什么每次他回来都会那么沮丧而疲惫，为什么他会无话可说。

结局

结局总是出人意料。甚至我都感到结局出人意料。

我正在厨房做花生果酱三明治，母亲在清理窗框顶端的灰尘，那些灰尘除非站到梯子上，不然是看不到的，她现在就站在梯子上。我记得我正想着她的一生多么悲哀而可怕，还要花时间来清理这些犄角旮旯的灰尘，这时父亲走了进来。这是下午四点左右，这很奇怪，因为我想不起上次是什么时候在太阳下山前看见他的，在充足的光线下看着他。他看上去不太好，实际上，他看上去糟透了。他在餐桌上丢了个什么东西就走进厨房，他的硬底皮鞋在新打蜡的地板上发出“嗒嗒”声。母亲听见了，他走进厨房时她便小心翼翼地走下梯子，把用来擦灰的抹布扔在面包篮旁的柜子上，转身看着他，脸上的神情我只能用绝望来形容。她知道他要告诉她什么，告诉我们什么。她知道因为他已经做了所有的诊查和活检，他们的智慧本能地让他们对我隐瞒直至一切都铁证如山。这就是为什么她要去擦窗框最上端的灰尘，因为今天是他们知道实情的日子，她不愿意坐在那里一门心思地想着她今天必须面对的一切。

她现在必须面对了。

他说到处都是，然后转身走了，母亲马上跟着他离开，把我一个人留在那里，猜测着除了上帝之外，还有什么到处都是，还有为什么这会让我的父母如此沮丧。但我也不用猜很久。

甚至在他们告诉我之前我就猜到了。

但是，他没有死。还没有，他非但没死，还成了游泳健将。我们有个泳池许多年了，但他从来没真正下过水。现在他成天待在家里，需要锻炼。他到水里，就像他是在水中诞生的一样，仿佛这是他的自然元素。他看上去很美，他在水中穿行，几乎没有水花。他长长的粉色身躯，布满创伤、疤痕、瘀青和磨蚀，在蓝色辉映中若隐若现。他的胳膊在他身前划过，那么真诚，看上去就像他在拥抱池水而不是在借力移动。他的腿像青蛙一样精确地在身后摆动，他的头在水面出没如同亲吻，这样持续几个小时。浸泡那么长的时间，他的皮肤渗满了水，皱褶变成纯白色。有一次我看到他把粗厚的皮屑撕下来，缓慢而有条不紊地蜕着皮。其余大部分时间他都在睡觉，而醒着的时候，有时我会看到他在发愣，就像在和一个秘密对话。我就这么看着他，他一天天地变得异样——不只是对我来说，而是对这个地方和这个时代来说，他成了异类。他的眼睛陷进眼眶里，失去了光芒和热情；他的身体萎缩凋零，仿佛在倾听什么只有他才能听见的声音。

我安慰自己这一切都是好现象，一个大团圆的结局可能就要发生，甚至这场疾病都是另一桩事情的隐喻——这意味着他对这个世界已经厌倦。一切变得那么直白：没有巨人，没有窥视一切的玻璃眼珠，河里没有等待被营救的女孩，她也不会再回来报答救命之恩。他变成了单纯的爱德华·布龙，一个人类。我遇上了他生命的低谷。

这不是他自己的错，只是这个世界已经容不下他赖以生存的魔法。他的疾病是他的通行证，带他去另一个更好的地方。

我现在明白了。

但这最后的旅程仍然是我们最佳的境遇——也许不是最佳的，但至少是好的，总的来说。我每晚都能看见他——比他健康时要多得多。但他还是那个老样子，一如既往地幽默，哪怕是现在。我不明白为什么这很重要，但就是这样。我想在某些情况下这代表了某种坚毅、强大的意志力，一种无法战胜的精神信念。

一个男人在和一只蚱蜢聊天。男人说：“你知道吗？有一种鸡尾酒是以你命名的。”然后蚱蜢说：“你是说，有种酒叫霍华德？”

还有这个。

有个男人走进一家餐馆点了一杯不加奶油的咖啡。几分钟后服务员过来对他道歉，说他们已经没有奶油了，问他能不能换一杯不加牛奶的咖啡。

但是这些笑话已经不那么有趣了。我们只是等待末日的到来，我们说着老掉牙的冷笑话，消磨时间直到最后一刻的来临。他日渐疲惫，笑话讲到一半他会忘词，或者抖出一个错误的包袱——包袱很棒，但属于另一个笑话。

游泳池的情况也在恶化，后来没有人再去管它。我们被锁在父亲临终的沉思中动弹不得。没有人清理它或者往里面加让水变蓝的特殊化学制剂，游泳池的墙壁上长出了水藻，水变成浓厚的绿色。但父亲仍在里面游泳，直到最后。哪怕最后它更像一个鱼塘而非泳池，他还在游泳。一天我出去探视他的时候，我发誓我看到了一条鱼——一条小嘴鲈鱼——跃出水面。我敢肯定。

“爸爸？”我说，“你看到了吗？”

他游到一半停了下来，浮出水面。

“你看到那条鱼了吗，爸爸？”

但是后来我笑了，因为我看到了我父亲，那个说笑话的人，终极喜剧演员，我看到他的样子很滑稽。我就是这样想的，我看到他的时候就想，他看起来真滑稽。可以肯定的是，他根本不是游到一半停了下来的，他昏了过去，肺里灌满了水。我把他从泳池里拖了出来叫了救护车。我按他的胃部，水从他的嘴里喷出来，就像水龙头一样。我等着他睁开一只眼睛冲我眨眼，冲我大笑，把这真实的生活变得虚幻，变成真正糟糕而滑稽的事情，变成回过头来还能笑翻的事情。我握着他的手等待着。

我等了很久。

父亲之死：镜次四

于是，终于就这样发生了。如果听说过就打断我。父亲快要死了。住进了杰弗森纪念医院的氧气帐，他弱小而憔悴的身躯看上去惨白而透明，已经有了那么点儿鬼魂的样子。母亲和我一起等待着，但她会时不时和医生说说话，或者散散步，因为她的背很痛。这样就留我单独和父亲待着，有时我会握起他的手，等待着。

医生们——好多医生——组成了一个“团队”，都非常悲伤，甚至绝望。有诺勒氏医生、米勒毫瑟医生和文赛蒂医生，每个人都是各自领域的权威，每个人都盯着父亲身上自己专业负责的那部分器官，并把发现报告给本奈特医生。我们老迈的家庭医生是团队的队长，他是全科大夫。他分析着他们不间断的报告中出现的各种细节，填补着他们可能留下来的空白，然后以此为我们提供一幅总览图。

有时候他会用到学校里学来的术语，比如肾衰竭，还有慢性溶血性贫血。最后一条，这种贫血症被他形容为一种特殊的衰竭症：身体保存了过剩的铁元素，产生定期输血的需要，无法吸收红细胞的副产物，肌肤褪色，对光线极度敏感。出于这个原因，尽管他处于深度昏迷，父亲房间里的光线总是控制得很弱；我们害怕，即使他从昏迷中醒来，强烈的光线也会结束他的生命。

本奈特医生有一张苍老疲惫的脸。他眼睛下面的眼圈就像马路上的深褐色车辙。他长年做我们家的医生，我都不知他做了多久。但他是个好医生，我们信任他。

“我要告诉你们，”一天晚上他对我们说，他的手放在我的肩膀上，我们一同看着父亲每况愈下，彼此的友谊却与日俱增，“我现在要坦率地告诉你们。”

他看看我，然后看看妈妈，仿佛在开口之前还要深思熟虑一下。“这次布龙先生可能躲不过去了。”他说。

母亲和我几乎异口同声地说：“我们知道。”

他说：“还有一些办法我们想试试——我们没有放弃，只要不到最后关头。但是我以前也见过这样的场面。很悲伤，我——我认识爱德华四分之一个世纪了，我不再觉得是他的医生，而是朋友。你们明白吗？一个希望能做点儿什么的朋友。但是不用那些机器的话……”本奈特医生说，悲伤地摇了下头，没有把话说完——他从来就没有想过怎么把它说完。

我转身走开，留下他继续和母亲说话。我走进父亲的病房，坐在他床边的椅子上。我坐在那儿等着——等什么我也不知道——并盯着那些神奇的机器。当然，这不是生命，这是支撑生命的仪器，是医学界时下用来取代炼狱的东西。我看看仪表就能知道他呼吸的次数，我能看到他癫狂的心想干什么。还有几组波动的线条和数字我不清楚是派什么用场的，但我也会留意它们。实际上，很长时间里我是在看那些仪器，而不是我的父亲。它们取代了他，它们对我讲述着他的故事。

这让我想到一个笑话。我会永远记住他的笑话，尤其是这个，我一定要牢记。这是传家宝。我现在仍经常对自己说，一个人时出声地说，用他当时的语气。我说，有这么个男人，他需要一套新西装，但他买不起，直到有一天他经过一家商店发现这套西装——这是套漂亮的深蓝色带条纹的西装——正在打折，价钱正合适，于是他就买了下来。就这样，他买下它并穿着它走出了商店，还配了一条很搭的领带以及所需的一切，但是可笑的是——我想我应该早点说出来——可笑的是西装不合身。但这是他的西装，不是吗？这是他的西装。为了好看，他必须把他的一个胳膊肘放在身体侧面，像这样，他的另一个胳膊得伸出来，像这样，而且走路的时候必须固定住一条腿，这样两条裤缝才能对齐。这个小男人穿着套大西装——我说过——走在大街上，他想：我有一套多么漂亮的西装啊！然后他就那样拖着一条腿走路——父亲会摆出同样的姿势，面带微笑，因为他买得太划算了——一套打折西装！这时他经过两个老妇人，她们看着他走过，其中一个摇摇头对另一个说："多可怜的男人呀！"而另一个妇人说："是呀，但是多漂亮的西装呀！"

笑话就这么讲完了。

但是我做不到像父亲那样拖着一条腿走路，所以尽管这是我这辈子听过的最逗的笑话，我也笑不出来，哪怕那个妇人说"是呀，但是多漂亮的西装呀"的时候我也没有笑。

我在做其他事情。我想就是这个把他唤醒的，把他带回这个世界片刻，想着如果说我什么时候需要听个笑话的话，那就是现在。

天哪，他真的让我崩溃了。

我看着他，他也看着我。

"水，"他对我说，"给我点儿水。"

水。他说！

哦，这是他的声音没错，低沉而震撼，温和而关切。妈妈，保佑她的心脏吧，她还在外面和医生说话。我给他端了点儿水，他把我——他唯一的儿子——叫到他的床前，他在床沿抹出一片空位让我坐。没有时间嘘寒问暖了，我们都知道。我坐下来，然后他从塑料小杯子里呷了口水。

“儿子，”他说道，“我很担心。”他用那样一种颤抖的声音说着。

我知道——别问我为什么但我知道——无论有没有机器，这都是我最后一次看着活着的他了。明天，他将死去。

我说：“你担心什么呢，爸爸？来生吗？”

“不是，傻瓜，我担心你呀！”他说，“你是个傻孩子，没有我帮忙，你都不知道怎么进监狱。”

我不会往心里去的：他只是想开玩笑，但也只能发挥到这种水平。现在我知道他就要离开我们了。

我说：“别为我担心，爸爸，我没事。我会好好的。”

他说：“我是父亲，我控制不了的，是父亲就会担心。”

“我是父亲，”他重复，以免我不明白他的话，“作为父亲我试着教你些什么，我真的努力过。也许我在你身边的时间不多，但是我真的想教你。所以我想知道的是——你觉得我的成绩怎么样？”

我刚开口要说什么，他又说：“等等！别回答！”他尽力做了个微笑，但并不成功——他已经笑不出来了。于是在我面前的床上渐渐死去的这个男人——我的父亲——对我说：“哦，继续吧。在我死之前告诉我，我都教了你些什么，告诉我关于生活我都教了你点儿什么。这样我也能瞑目了，我就不会那么担心了。那就……那就继续说吧。”

我看着他灰蓝色的临终的眼睛。我们互相注视着，展示给对方最后的容貌，我们会带着这张脸进入永恒，我想着我是多希望自己能更了解他，多希望我们能一起生活，希望父亲对我来说不是这样一个完完全全的可恶的谜。

于是我说道："有这么个男人，他需要一套新西装，但他买不起……"

大鱼

他笑了，然后四下张望，冲我使了个眼色。他使了个眼色！

“我们离开这儿。”他嘶哑地小声说道。

“离开这儿？”我说，“爸爸，你不适合……”

“洗手间里有个折叠轮椅，”他说，“给我披条毯子。我们一离开大厅就到室外了。但是我们时间不多了。快点儿，儿子！”

我照办了，我也不知道为什么。我走进洗手间，发现他说得没错，是有个轮椅在洗手间的门背后，就像婴儿车一样折叠着。我把它打开推到他的床边，给他裹上一条浅棕色泛白的毯子，把他的头像和尚那样裹起来。我把他从床上抱到轮椅上，轻而易举得让人不安。在最近几个月里我并没有健身，他萎缩得相当厉害。

“加油！”他说。

我打开他的房门，瞥了一眼门前的长廊。我看到妈妈和本奈特医生一起站在护士桌旁，用纸巾擦拭着她的眼睛不住地点头。我把父亲朝反方向推去。我甚至都不敢回头看一眼，看看是不是有人跟踪我们。我只是飞快地推着他，做最好的打算，直到我们来到一个拐角处，这时我才让自己回头看了一眼。

没人。目前为止一切顺利。

“那么，我们要去哪儿？”我问他，喘着粗气。

“电梯，”他说，他的声音盖在毯子下面有点儿闷，“去门厅的电梯，去你停车的地方——停车场？”

“是的。”我说。

“那就带我去那儿。”他说，“现在。我们没有时间了。”

电梯来了，我把他推进去。门在我们身后关上，当它再次打开时我把他推出来的架势有点儿像夜魔侠，我们经过一群白白绿绿的大夫，经过手拿表格先是侧目最终瞪着我们的护士。门厅里的每个人都停下来瞪我们，他们知道有点儿不对劲，但这时我的移动已经达到了一定的速度，没有人反应过来要阻止我们。他们只是看着我们，就像看到了什么奇怪的东西——是挺奇怪，比他们想得还要奇怪。然后我们消失了，向着停车场冲进凉爽的春风里。

“好样的。”他说。

“谢谢。”

“但是还要再快点儿，威廉，”他说，“我需要水。我非常需要水。”

“我车里有，”我说，“满满一保温瓶。”

“还不够。”他边说边笑。

“我们会有的。”我说。

“我知道你会的，儿子，”他说，“我知道的。”

到车旁后，我把他从轮椅上举起来，放进前座，把轮椅折起来放进后备厢。

“我们不需要它了。”他说。

“是吗？”我说。

“我们去的地方不需要了。”他说。

我想我又听见他笑了。

但是他还没告诉我我们要去哪儿，开始的时候没有。我只是逃离所有我认识的地方：医院、他的老办公室、家。当我看着他想得到点儿暗示时他却沉默着，静静地裹在毯子里。

“水呢，威廉？”几分钟后他说。

“哦，”我说，“这里。”

它就在我身边的椅子上，我打开盖子递给他。一只颤抖粗糙的手从毯子的折缝下伸出来，从我手上接过水。但是他没有喝，而是把自己从头到脚浇了个遍，毯子都湿透了。

“啊，”他说，“这就是入场券。”

他还是没有把毯子拿下来。“往北上一号高速。”他对我说，但是我必须全神贯注才能听见他的声音。他的声音盖在毯子里，听上去很遥远。

“北边一号高速。”我说。

“那儿有个地方，”他说，“有条河。河边有个地方。”

“爱德华林。”我自言自语。

他说：“什么？”

“没什么。”我说。

我开着车穿过许多街道，穿过城市和周边郊区，在那儿太阳从屋顶和树梢升起，直到我们闯进那片深远、浓绿、美丽的地界。突然我们就被包围了：树木、农庄、奶牛，还有那片蔚蓝的天空，那是云的家，有时也是小鸟的家。这儿我从前来过一次。

“还有多远？”我问他。

“就几英里了，我想，”他说，“但愿。我感觉不好。”

“那儿有什么？”我问，但我得到的回答只是潮湿的毯子里的一阵哆嗦，然后是一阵咕噜噜的呻吟声，仿佛他正忍受着巨大的痛苦。

“你还好吗？”我问。

“不太好，”他说，“我感觉就像那个人……”

那个脑袋上顶着一只青蛙进酒吧的人，肩膀上站着只鸟，旁边跟着只袋鼠。吧台服务生说："嗨，我们这儿可不常有袋鼠。"然后袋鼠说："是的，这个价钱是不会有什么袋鼠来的！"

然后他突然之间几乎是大喝一声："这儿！"

我把车停到路边。

据我所知，这里不是爱德华林，但是很像。这里有你的老橡树，树根从深色长满苔藓的泥土中蔓延出来；这里有你的杜鹃花；还有你的兔子，懒散地蹦开，回头看我们一眼；这里还有你的河，清澈地流淌着，你以为河水不可能再这么流淌了——它飞快地绕过汽车一样大的石头，分出几股湍流，像空气一样清澈地流淌，像天空一样湛蓝，像云一样洁白。

我不知道他是怎么在毯子下面看到这一切的。

"抱我起来。"他说——至少听起来像。他的声音太弱了，现在我是半听半猜。

他说，抱我起来，你不知道我有多感激你做的这一切，另外，看到你母亲的话，告诉她——替我跟她道个别。

于是我把他从车子里抱出来，穿过长满青苔的河岸来到河边。我站在那儿，怀里抱着我的父亲。我知道那时应该做什么，但是我做不到，我只是站着，抱着他裹着毯子的身躯站在河岸上。

直到他对我说："你也许应该转过身去了，拜托了。"

突然之间我的手臂间充满了最神奇的生命力，癫狂，无法控制——哪怕我想。我真的想。但是现在我抱着的只有毯子了，因为我父亲已经跳进了河里。此刻我才发现我父亲根本不是要去奔赴死亡，他只是在改变，把自己蜕变成某种新的不同的东西，以便继续承载他的生命。

所有这些日子里，我的父亲都在慢慢变成一条鱼。

我看见他游来游去，一条银色的、绚丽的、闪烁的生命，然后消失在漆黑的河水深处，那是大鱼们向往的地方。从此我再也没有见过他，尽管别人看见过。我已经听说了一些故事，得救和遂愿的故事，孩子在他的背上趴了几英里；不幸从自己船上落水的垂钓者被他们见过最大的鱼带到不同的大洋和海流中，从波弗特海到海恩尼斯，他们把他们的故事讲给所有愿意听的人听。

但是没人相信他们，一个字都没人相信。

图书在版编目（CIP）数据

浙江省版权局
著作权合同登记章
图字：11-2018-146

大鱼 / (美) 丹尼尔·华莱士著；宁蒙译. — 杭州：浙江人民出版社，2018.4（2018.11重印）
书名原文: Big fish
ISBN 978-7-213-08708-0

Ⅰ. ①大… Ⅱ. ①丹… ②宁… Ⅲ. ①长篇小说—美国—现代 Ⅳ. ①I712.45

中国版本图书馆CIP数据核字（2018）第060061号

BIG FISH by Daniel Wallace
First published in the United States under the title:
BIG FISH: A Novel of Mythic Proportions

Published by arrangement with Algonquin Books of Chapel Hill, a division of Workman Publishing Company, Inc., New York.
through Big Apple Agency, Inc., Labuan, Malaysia.

大 鱼 DA YU

[美] 丹尼尔·华莱士 著 宁 蒙 译

出版发行 浙江人民出版社（杭州市体育场路 347 号 邮编 310006）
责任编辑 徐 婷
责任校对 杨 帆
封面设计 山川制本 workshop
电脑制版 书情文化
印 刷 河北鹏润印刷有限公司
开 本 880 毫米 × 1230 毫米 1 / 32
印 张 5.5
字 数 100 千字
版 次 2018 年 4 月第 1 版
印 次 2018 年 11 月第 2 次印刷
书 号 ISBN 978-7-213-08708-0
定 价 48.00 元

如发现印装质量问题，影响阅读，请与市场部联系调换。
质量投诉电话：010-82069336

大魚讀品

A BOOK MUST BE THE AXE FOR **THE FROZEN SEA** INSIDE US

所谓书，必须是砍向我们内心冰封大海的斧头

—

卡夫卡

KAFKA

RACHEL JOYCE

THE UNLIKELY PILGRIMAGE OF HAROLD FRY

一个人的朝圣

〔英〕蕾秋·乔伊斯 著 黄妙瑜 译

欧洲首席畅销小说，热销 5 年不衰，入围 2012 年布克文学奖。全球销量过 4,000,000 册，简体中文版销量过 1,500,000 册。

这一年，我们都需要他安静而勇敢的陪伴。

一个人的朝圣（精装版）

〔英〕蕾秋·乔伊斯 著 黄妙瑜 译

80 万册精装纪念版，收录作者长篇专访、原版木刻插画、作者给中国读者的信，赠英文别册。

献给每一次对生活的胜利，对悲伤的疗愈，对爱的唤回。

THE LOVE SONG OF MISS QUEENIE HENNESSY

一个人的朝圣 2：奎妮的情歌

〔英〕蕾秋·乔伊斯 著 袁田 译

布克奖入围作品《一个人的朝圣》相伴之作。

献给每一次对生命微小瞬间的朴素歌唱，对自我的照见，对爱的唤回。

RACHEL JOYCE

PERFECT

触动万千读者的全球热销书《一个人的朝圣》作者口碑新作。

别害怕失去生活的勇气，因为它一刻也未曾离开过我们。

时间停止的那一天

〔英〕蕾秋·乔伊斯 著 焦晓菊 译

MATT HAIG

THE HUMANS

我遇见了人类

〔英〕马特·海格 著 李亚萍 译

英国文坛公认超会讲故事的当红小说家！

《别相信任何人》作者盛赞！

《卫报》直言此书将整个人类送上了靶场！

如果能让一颗心免于破碎，我就不算虚度此生。

FREDRIK BACKMAN

EN MAN SOM HETER OVE

一个叫欧维的男人决定去死

〔瑞典〕弗雷德里克·巴克曼 著 宁蒙 译

畅销 44 国，全球销量超过 730 万册。
第 89 届奥斯卡最佳外语片提名电影同名原著。
来，认识一下这个内心柔软，充满恒久爱意的男人。

DANIEL WALLACE

BIG FISH

大鱼

〔美〕丹尼尔·华莱士 著 宁蒙 译

出版 20 周年修订典藏版
豆瓣电影总榜 TOP100 口碑神作原著！
精彩程度不输电影！

不要相信真的，相信你所爱的

JONAS GARDELL

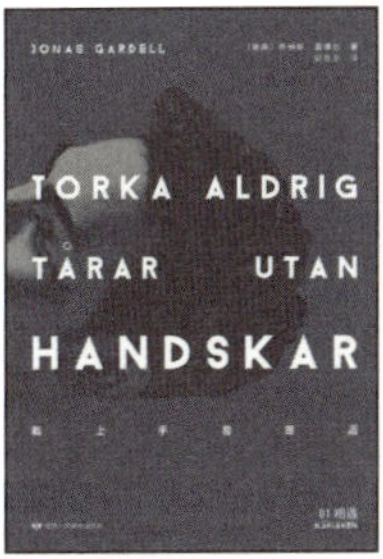

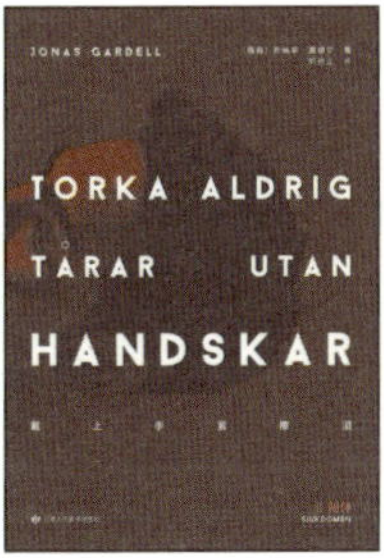

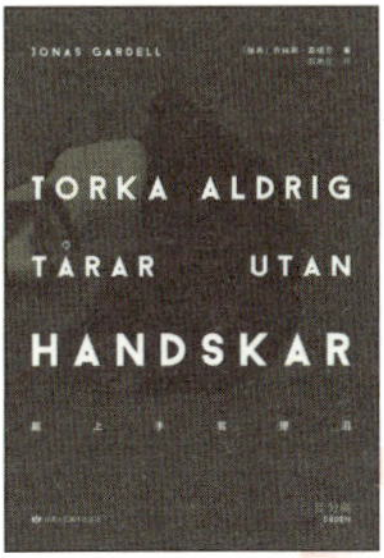

TORKA ALDRIG TÅRAR UTAN HANDSKAR

戴上手套擦泪（三部曲）

〔瑞典〕乔纳斯·嘉德尔 著 郭腾坚 译

头脑可以接受劝告，心却不能。

北欧版《霍乱时期的爱情》，**瑞典每 8 人手中就有 1 人观看并为之落泪。**

作者因此书获年度风云人物，瑞典王储亲自颁奖！

同名影集击败《权力的游戏》荣膺欧洲电视人奖，豆瓣 9.0 高分！

MILENA BUSQUETS

TAMBIÉN ESTO PASARÁ

这也会过去

〔西班牙〕米莲娜·布斯克茨 著 罗秀 译

2016 年全球文学事件，触动千万人心。

我恐惧你的离开，内心的一部分将变为空洞，然而生活即是不停的告别，我们由此得以顿悟和成长。

ERLEND LOE

NAIVE. SUPER

我是个年轻人
我心情不太好

〔挪威〕阿澜·卢 著 宁蒙 译

北欧头号畅销小说，
挪威版《麦田里的守望者》。
给每一个迷茫的孩子和心情不太好的大人。

DOPPLER

我已经结婚了
我心情还不好

〔挪威〕阿澜·卢 著 宁蒙 译

《我是个年轻人，我心情不太好》第二季。
“我是自行车手。我是丈夫、父亲、儿子和员工。还是房产所有者。以及一堆其他身份，我想逃。”
一则迷人的现代寓言，关于一个男人和他的小驼鹿。

MONSTERBOKA

怪物书

〔挪威〕龚沃儿 · 拉斯姆森 等著 宁蒙 绘

北欧童话之乡作家、画家、作曲家、心理学家等 20 位想象力大师献给孩子的礼物。
让想象力醒来，让快乐爆表，在笑到岔气中增长智慧，学会爱与温柔。
如果你相信这个世界上有怪物，那这本书就是为你准备的。

EVENTRBOKA

精灵书

〔挪威〕龚沃儿 · 拉斯姆森 等著 宁蒙 绘

北欧童话之乡作家、画家、作曲家、心理学家等 20 位想象力大师献给孩子的礼物 .
更有北欧魔法学院院长精心绘图包装！超萌！超可爱！
让你爱上思考，在奇思妙想的世界里增长知识，培养勇气和创造力。
欢迎来到精灵王国

JÚLIA SARDÀ

ALICE IN WONDERLAND

爱丽丝漫游奇境（中英双语版）

〔西班牙〕茱莉亚·桑卓 绘 里所 译

一本真正适合成年人的爱丽丝。
每个女人都曾经是爱丽丝。

WENDELIN VAN DRAANEN

FLIPPED

怦然心动（中英双语版） 〔美〕文德琳·范·德拉安南 著 陈常歌 译

豆瓣130万读者共同认可，
电影原著白金纪念版。
斯人若彩虹，遇上方知有。
韩寒、卢思浩、《成语大全》评委郦波教授推荐电影原著小说。

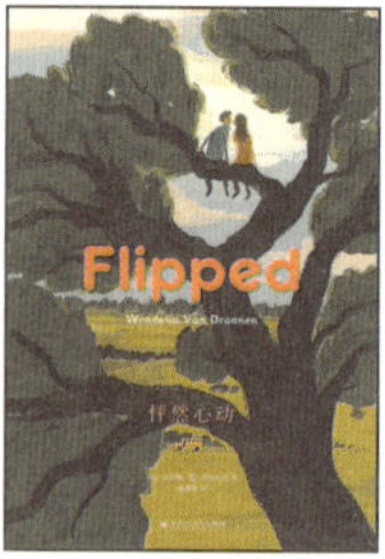

ROLAND MERULLO

BREAKFAST WITH BUDDHA

与佛陀一起吃早餐

〔美〕罗兰·梅鲁洛 著 袁田 译

以阳光般的治愈力及启发性席卷全美和欧洲。
与《禅与摩托车维修艺术》并称为美国十年来深刻而重要的心灵小说双雄。
如果购物 / 吃 / 结婚 / 放假也无法令你真正快乐，请读本书。

GARTH STEIN

A SUDDEN LIGHT

穿过森林的男孩

〔美〕加思·斯坦 著 袁田 译

全球热销4,000,000册，感动35国的超级畅销书《我在雨中等你》作者暌违六年重磅新作。
爱不是握着拳，而是松开手。

WENDY WALKER

ALL IS NOT FORGOTTEN

一切未曾遗忘

〔美〕温迪 沃尔克 著 侯茜 译

惊艳奥斯卡影后、一举征服二十国的新人作家。
一经出版，华纳兄弟旋即高价买走电影改编权。
瑞茜 • 威瑟斯彭将担任制片人并有望出演女主角。
所谓勇敢，不是遗忘，而是要和痛苦再一次狭路相逢。

ASLI E. PERKER

SUFLE

忧伤的时候，到厨房去

〔土耳其〕爱诗乐·沛克 著 韩玲 译

土耳其备受瞩目新生代才女作家年度畅销疗愈小说。
一笔写尽生活真谛，以及味觉与情感间最紧密的联系。
厨房是母亲的乳房，恋人的双手，宇宙的中心。

JÓN KALMAN STEFÁNSSON

HIMNARÍKI OG HELVÍTI

没有你，什么都不甜蜜（精装）

〔冰岛〕约恩·卡尔曼·斯特凡松 著 李静滢 译

冰岛值得阅读的桂冠级诗人小说家，入围 2017 年布克文学奖。
一场大风雪，一个男孩的三天三夜，那个古老迷人的冰岛世界。

FELICITY HAYES-MCCOY

THE LIBRARY AT THE EDGE OF THE WORLD

世界尽头的图书馆

〔爱尔兰〕费莉希蒂·海斯-麦科伊 著 常鸿娜 译

抚慰全欧洲的爱尔兰才情女作家治愈佳作。
售出 20 余国版权，遍布欧洲几乎每家书店和图书馆。
再艰难，也要找到你孤独与梦想的出口。

NICOLA YOON

EVERYTHING, EVERYTHING

你是我一切的一切

〔美〕妮古拉·尹 著　王思宁 译

连续盘踞《纽约时报》排行榜 53 周！
全球售出 41 国版权！
读者从 14 岁跨越到 54 岁！
Goodreads 超 15 万人五星盛赞！
因为这本书，全球 7，000，000 读者
重温了希望、梦想和爱情。
你那么好、那么好，爱上你，
是我这一生至美的冒险。

ANTOINE PAJE

〔法〕安东尼·帕耶 著　高原 译

ET IL ME PARLA DE CERISIERS, DE POUSSIÈRES ET D'UNE MONTAGNE

他跟我聊到樱桃树、灰尘以及一座山

法国备受瞩目的心灵小说作家黑马处女作。
我不再害怕，我大步向前，我好好生活。

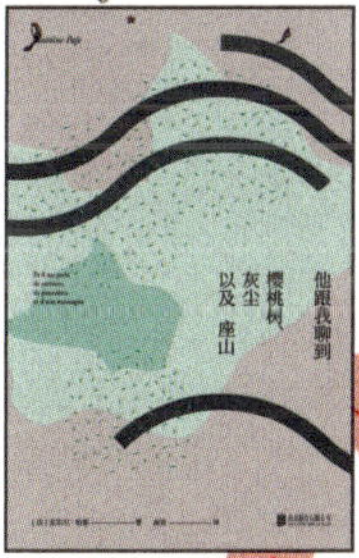

ET ELLE ME PARLA D'UN ÉRABLE, DU SOURIRE DE L'EAU ET DE L'ÉTERNITÉ

她跟我聊到枫树、水的微笑以及永恒

法国备受瞩目的心灵小说作家令人惊叹的实力新作！
有些分钟确确实实是 60 秒，但有些分钟却是永恒，
或者至少，是一生。

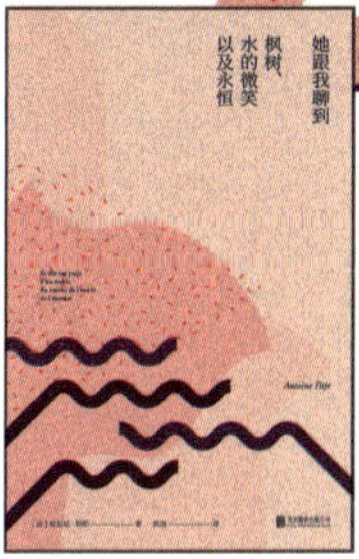

DORIT RABINYAN

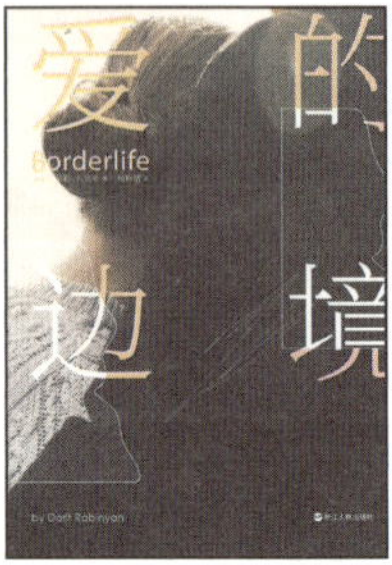

ההיח רדגיח רדג

爱的边境

〔以色列〕朵莉·拉宾雅 著　杨柳靖 译

爱情没学过地理，所以不识边境
伯恩斯坦奖等 10 项大奖加冕，20 余国版权售出，全球超过 260 家媒体争相报道
此书冒着生命危险，向我们展示了爱的微小与伟大。

SHELLY KING

THE MOMENT OF EVERYTHING

二手书店情书

〔美〕谢利·金 著　苏涛 译

没有不可治愈的伤痛，没有不能结束的沉沦，
在这家二手书店，**所有失去的都会以另一种方式归来。**

非虚构类　NON-FICTION

武志红

WHY FAMILY HURTS

为何家会伤人（升级版）

武志红 著

中国式家庭问题第一书。
家是港湾，爱是退路。

ELEANOR ROOSEVELT

YOU LEARN BY LIVING: ELEVEN KEYS FOR A MORE FULFILLING LIFE

生活教会我：美国第一夫人埃莉诺·罗斯福写给年轻人的生活之书

〔美〕埃莉诺·罗斯福 著　唐馨 译

恐惧、时间、女性、教育、独立、内心建设、自我实现，字字质朴，句句有声，影响五代美国年轻人。

从公开场合说话不超过五个词的胆小鬼到“世界第一夫人”，她在本书分享她的人生经验，就像一个祖母、母亲、姐姐或挚友。

CLARE CONVILLE & LIZ HOGGARD & SARAH-JANE LOVETT

THE BOOK FOR DANGEROUS WOMEN

你要爱上自己，给她饭吃，给她水喝，给她情书

〔英〕克莱尔·康威尔、萨拉·简·洛维特、利兹·霍格德 著

李亚萍 译

都市女性涨姿势香艳手册，史上较好的生活态度。伦敦白领称其为“比男人强 100 倍的床上伴侣”。

ROBYN DAVIDSON

TRACKS

我独自穿越沙漠，领略了安全感和自由

〔澳〕罗宾·戴维森 著 袁田 译

一个女人 9 个月穿越 2700 公里沙漠的史诗般旅程。
“我要剥除所有的社会支撑，不要被保护，学着依赖大地，学会尘土飞杨地玩耍和响亮地放屁。”

CRAIG CHILDS

THE ANIMAL DIALOGUES

遇见动物的时刻

〔美〕克雷格·查尔兹 著 韩玲 译

2008 年盖伦·洛威尔探险艺术奖。2008/2013 年西格德·奥尔森自然写作奖。
博物学家、冒险家、美国当代最优秀的自然主义作家之一克雷格 · 查尔兹代表作。
给每一个热爱动物的孩子和大人。

NORA EPHRON

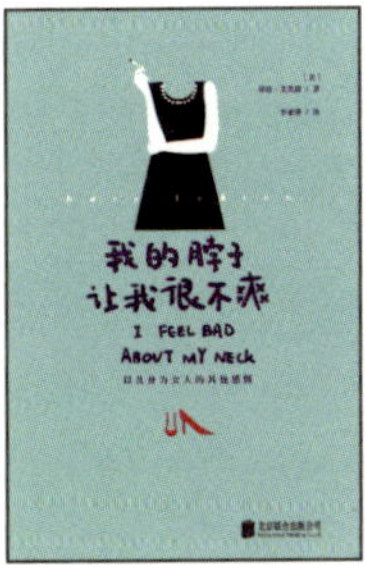

I FEEL BAD ABOUT MY NECK

我的脖子让我很不爽

〔美〕诺拉·艾芙隆 著 李亚萍 译

连续 50 周占领亚马逊畅销榜，
38 次登上《出版商务周刊》畅销榜单。
《西雅图不眠夜》《电子情书》编剧兼导演诺拉·艾芙隆代表作。

NICHOLAS D. KRISTOF & SHERYL WUDUNN

HALF THE SKY

天空的另一半

〔美〕尼可拉斯 · D．克里斯多夫、雪莉 · 邓恩 著
吴茵茵 译

每一个地球公民的必读书。——比尔 • 盖茨
普利策新闻奖得主讲述女性的绝望与希望。

本书简体中文版因故有删改，若要了解该部分内容，请发邮件至 halfthesky@yeah.net ，仅作内部交流、学习之用，请勿公开。

A PATH APPEARS

走的人多了，就有了路

〔美〕尼可拉斯 · D．克里斯多夫、雪莉 · 邓恩 著
张孝铎 译

普利策新闻奖得主、美国畅销书《天空的另一半》作者重磅新作。
讲述微小个人也能让世界变得更好。
帮助他人所带来的力量，最终也能帮助到我们自己。

CAITLIN DOUGHTY

SMOKE GETS IN YOUR EYES

烟雾弥漫你的眼：我在火葬场学到的人生哲学

〔美〕凯特琳 · 道蒂 著 崔倩倩 译

中世纪历史专业“乖乖女”
美国殡葬业工作六年真实记录。
一本改变你死亡观的动情之书。

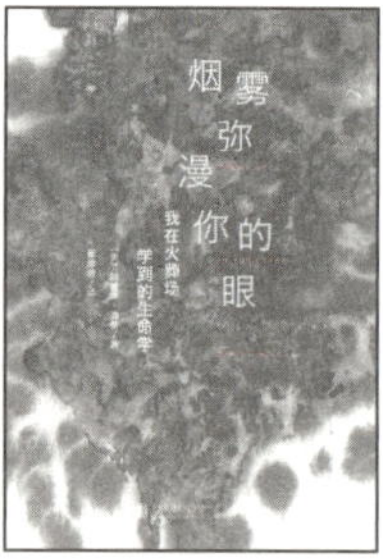

CHERYL STRAYED

WILD

走出荒野

〔美〕谢丽尔·斯特雷德 著
靳婷婷、张怀强 译

连续 126 周盘踞《纽约时报》畅销榜！
仅美国就卖出 300 万册！
罕见地横扫 17 项年度图书大奖！版权售出 40 国！
每个人的生命中，都有一片荒野，
需要你自己探出一条路来。

VIVIAN MAIER

VIVIAN MAIER: STREET PHOTOGRAPHER

我是这个世界的间谍：薇薇安·迈尔街拍精选摄影集

〔美〕薇薇安·迈尔 摄 〔美〕约翰·马卢夫 编

传奇保姆摄影师薇薇安 • 迈尔隐没 60 年
作品原版引进！

“这两本书，留存下了她对街拍摄影贡献的精华。”
——底片发现者 约翰 • 马卢夫

VIVIAN MAIER: SELF-PORTRAITS

我与这个世界的距离：薇薇安·迈尔自拍精选摄影集

KRISTIN KIMBALL

THE DIRTY LIFE

耕种 食物 爱情

〔美〕克里斯汀·金博尔 著 姜佳颖 译

诗意生活的典范、美国极具影响力的
田园生活家克里斯汀·金博尔畅销代表作

“我想要一个家，有一间房子，有青草的气味，有晾在绳子上的床单，有一个在喷洒的水中跑过的孩子。”

大山旬 & 玄长 NAOKO

365日をおしゃれに楽しむ男のワードローブ

日剧男友穿搭圣经

〔日〕大山旬 著 金磊 译

手把手教你把男朋友打造成**得体讲究的日剧男友**！
日本两大时尚杂志 *smart*、*MonoMax* 强强联手推荐！

365 REAL CLOSET

日剧女主穿搭圣经

〔日〕玄长 NAOKO 著 伍佳妮 译

日本“穿配女王”教你一件多搭的 **365 天穿搭 Look 全书**。

A-Z GREAT MODERN ARTISTS

看懂所有艺术家 A-Z

〔英〕安迪·图伊 绘 / 克里斯托弗·马斯特 著 陈佳凰 译

一本让你看起来对艺术无所不知的书，
从头到脚提升你的艺术品位 中英合作印刷，
从封面到版式，100% 保留作者原设计

A-Z GREAT FILM DIRECTORS

看懂所有导演 A-Z

〔英〕安迪·图伊 绘 / 马特·格拉斯比 著 常鸿娜 李雯斐 译

一本让你看起来对电影无所不知的书，
从头到脚提升你的电影品位 中英合作印刷，
从封面到版式，100% 保留作者原设计

big fish studio
磨铁图书旗下品牌

大魚讀品

出品人｜沈浩波　　主　编｜冯倩
产品经理｜魏凡 聂文 万巨红 王书莉 王迪　　营销编辑｜花卷 金颖 黄筱萌 张睿珺 董子鹤
书目设计｜付诗意 沐希设计

微信号｜bigfishbooks
豆瓣小站｜https://site.douban.com/249541/　　联系邮箱｜bigfishbooks@163.com
地　址｜北京市西城区德外大街 83 号德胜国际中心 B 座 10 层